Stefan Zweig

VIERUNDZWANZIG STUNDEN AUS DEM LEBEN EINER FRAU

Novelle

S. Fischer Verlag

Erstmals aufgenommen in den Band
›Verwirrung der Gefühle‹, Insel-Verlag, Leipzig, 1927

4. Auflage, 14.–16. Tausend

Satz: Hanseatische Druckanstalt GmbH, Hamburg
Druck: Wagner GmbH, Nördlingen
Einband: G. Lachenmaier, Reutlingen
Printed in Germany 1991
ISBN 3-10-097035-7

In der kleinen Pension an der Riviera, wo ich damals, zehn Jahre vor dem Kriege, wohnte, war eine heftige Diskussion an unserem Tische ausgebrochen, die unvermutet zu rabiater Auseinandersetzung, ja sogar zu Gehässigkeit und Beleidigung auszuarten drohte. Die meisten Menschen sind von stumpfer Phantasie. Was sie nicht unmittelbar anrührt, nicht aufdringlich spitzen Keil bis hart an ihre Sinne treibt, vermag sie kaum zu entfachen; geschieht aber einmal knapp vor ihren Augen, in unmittelbarer Tastnähe des Gefühls auch nur ein Geringes, sogleich regt es in ihnen übermäßige Leidenschaft. Sie ersetzen dann gewissermaßen die Seltenheit ihrer Anteilnahme durch eine unangebrachte und übertriebene Vehemenz.

So auch diesmal in unserer durchaus bürgerlichen Tischgesellschaft, die sonst friedlich small talk und untiefe, kleine Späßchen untereinander übte und meist gleich nach aufgehobener Mahlzeit auseinanderbröckelte: das deutsche Ehepaar zu Ausflügen und Amateurphotographieren, der behäbige Däne zu langweiligem Fischfang, die vornehme englische Dame zu ihren Büchern, das italienische Ehepaar zu Eskapaden nach Monte Carlo und ich zu Faulenzerei im Gartenstuhl oder Arbeit. Diesmal aber blieben wir alle durch die erbitterte Diskussion vollkommen ineinander verhakt; und wenn einer von uns plötzlich aufsprang, so geschah es nicht, wie sonst, zu höflichem Abschied, sondern in hitzköpfiger Erbitterung, die, wie ich bereits vorwegerzählte, geradezu rabiate Formen annahm.

Das Begebnis nun, das dermaßen unsere kleine Tafelrunde aufgezäumt hatte, war allerdings sonderbar genug. Die Pension, in der wir sieben wohnten, bot sich nach außen hin zwar als abgesonderte Villa dar – ach, wie wunderbar ging der Blick von den Fenstern auf den felsenzerzackten Strand! –, aber eigentlich war sie nichts als die wohlfeilere Dependance des großen Palace Hotels und ihm durch den Garten unmittelbar verbunden, so daß wir Nebenbewohner doch mit seinen Gästen in ständigem Zusammenhang lebten. Dieses Hotel nun hatte am vorhergegangenen Tage einen tadellosen Skandal zu verzeichnen gehabt. Es war nämlich mit dem Mittagszuge um 12 Uhr 20 Minuten (ich kann nicht umhin, die Zeit so genau wiederzugeben, weil sie ebenso für diese Episode wie als Thema jener erregten Unterhaltung wichtig ist) ein junger Franzose angekommen und hatte ein Strandzimmer mit Ausblick nach dem Meer gemietet: das deutete an sich schon auf eine gewisse Behäbigkeit der Verhältnisse. Aber nicht nur seine diskrete Eleganz machte ihn angenehm auffällig, sondern vor allem seine außerordentliche und durchaus sympathische Schönheit: inmitten eines schmalen Mädchengesichtes umschmeichelte ein seidigblonder Schnurrbart sinnlich warme Lippen, über die weiße Stirn lockte sich weiches, braungewelltes Haar, weiche Augen liebkosten mit jedem Blick – alles war weich, schmeichlerisch, liebenswürdig in seinem Wesen, aber doch ohne alle Künstlichkeit und Geziertheit. Erinnerte er auch von fern zuvörderst ein wenig an jene rosafarbenen, eitel hingelehnten Wachsfiguren, wie sie in den Auslagen großer Modegeschäfte mit dem Zierstock in der Hand das Ideal männlicher Schönheit darstellen, so schwand doch bei näherem Zusehen jeder geckige Eindruck, denn hier war (seltenster Fall!) die Liebenswürdigkeit eine natürlich angeborene, gleichsam aus der Haut gewachsene. Er grüßte vorübergehend jeden einzelnen in einer gleichzeitig bescheidenen und herzlichen Weise, und es war wirklich angenehm, zu beobachten, wie seine immer sprungbereite Grazie sich bei jedem Anlaß ungezwungen offenbarte. Er eilte auf, wenn eine Dame zur Garderobe ging, ihren Mantel zu holen, hatte für jedes Kind einen freundlichen Blick oder ein Scherzwort, erwies sich umgänglich und diskret zugleich – kurz, er schien einer jener gesegneten Menschen, die aus dem erprobten Gefühl heraus, andern Menschen durch ihr helles Gesicht und ihren jugendlichen Charme angenehm zu sein, diese Sicherheit neuerlich in Anmut verwandeln. Unter den meist älteren und kränklichen Gästen des Hotels wirkte seine Gegenwart wie eine Wohltat, und mit jenem sieghaften Schritt der Jugend, jenem Sturm von Leichtigkeit und Lebensfrische, wie sie Anmut so herrlich manchem Menschen zuteilt, war er unwiderstehlich in die Sympathie aller vorgedrungen. Zwei Stunden nach seiner Ankunft spielte er bereits Tennis mit den beiden Töchtern des breiten, behäbigen Fabrikanten aus

Lyon, der zwölfjährigen Annette und der dreizehnjährigen Blanche, und ihre Mutter, die feine, zarte und ganz in sich zurückhaltende Madame Henriette, sah leise lächelnd zu, wie unbewußt kokett die beiden unflüggen Töchterchen mit dem jungen Fremden flirteten. Am Abend kiebitzte er uns eine Stunde am Schachtisch, erzählte zwischendurch in unaufdringlicher Weise ein paar nette Anekdoten, ging neuerdings mit Madame Henriette, während ihr Gatte wie immer mit einem Geschäftsfreunde Domino spielte, auf der Terrasse lange auf und ab; spät abends beobachtete ich ihn dann noch mit der Sekretärin des Hotels im Schatten des Bureaus in verdächtig vertrautem Gespräch. Am nächsten Morgen begleitete er meinen dänischen Partner zum Fischfang, zeigte dabei erstaunliche Kenntnis, unterhielt sich nachher lange mit dem Fabrikanten aus Lyon über Politik, wobei er gleichfalls als guter Unterhalter sich erwies, denn man hörte das breite Lachen des dicken Herrn über die Brandung herübertönen. Nach Tisch – es ist durchaus für das Verständnis der Situation nötig, daß ich alle diese Phasen seiner Zeiteinteilung so genau berichte – saß er nochmals mit Madame Henriette beim schwarzen Kaffee eine Stunde allein im Garten, spielte wiederum Tennis mit ihren Töchtern, konversierte mit dem deutschen Ehepaar in der Halle. Um sechs Uhr traf ich ihn dann, als ich einen Brief aufzugeben ging, an der Bahn. Er kam mir eilig entgegen und erzählte, als müsse er sich entschuldigen, man habe ihn plötzlich abberufen, aber er kehre in zwei Tagen zurück. Abends

fehlte er tatsächlich im Speisesaale, aber nur mit seiner Person, denn an allen Tischen sprach man einzig von ihm und rühmte seine angenehme, heitere Lebensart.
Nachts, es mochte gegen elf Uhr sein, saß ich in meinem Zimmer, um ein Buch zu Ende zu lesen, als ich plötzlich durch das offene Fenster im Garten unruhiges Schreien und Rufen hörte und sich drüben im Hotel eine sichtliche Bewegung kundgab. Eher beunruhigt als neugierig, eilte ich sofort die fünfzig Schritte hinüber und fand Gäste und Personal in durcheinanderstürmender Erregung. Frau Henriette war, während ihr Mann in gewohnter Pünktlichkeit mit seinem Freunde aus Namur Domino spielte, von ihrem allabendlichen Spaziergang an der Strandterrasse nicht zurückgekehrt, so daß man einen Unglücksfall befürchtete. Wie ein Stier rannte der sonst so behäbige schwerfällige Mann immer wieder gegen den Strand, und wenn er mit seiner vor Erregung verzerrten Stimme »Henriette! Henriette!« in die Nacht hinausschrie, so hatte dieser Laut etwas von dem Schreckhaften und Urweltlichen eines zu Tode getroffenen riesigen Tieres. Kellner und Boys hetzten aufgeregt treppauf, treppab, man weckte alle Gäste und telephonierte an die Gendarmerie. Mitten hindurch aber stolperte und stapfte immer dieser dicke Mann mit offener Weste, ganz sinnlos den Namen »Henriette! Henriette!« in die Nacht hinaus schluchzend und schreiend. Inzwischen waren oben die Kinder wach geworden und riefen in ihren Nachtkleidern vom Fenster her-

unter nach der Mutter, der Vater eilte nun wieder zu ihnen hinauf, sie zu beruhigen.

Und dann geschah etwas so Furchtbares, daß es kaum wiederzuerzählen ist, weil die gewaltsam aufgespannte Natur in den Augenblicken des Übermaßes der Haltung des Menschen oft einen dermaßen tragischen Ausdruck gibt, daß ihn weder ein Bild noch ein Wort mit der gleichen blitzhaft einschlagenden Macht wiederzugeben vermag. Plötzlich kam der schwere, breite Mann die ächzenden Stufen herab mit einem veränderten, ganz müden und doch grimmigen Gesicht. Er hatte einen Brief in der Hand. »Rufen Sie alle zurück!« sagte er mit gerade noch verständlicher Stimme zu dem Chef des Personals: »Rufen Sie alle Leute zurück, es ist nicht nötig. Meine Frau hat mich verlassen.«

Es war Haltung in dem Wesen dieses tödlich getroffenen Mannes, eine übermenschlich gespannte Haltung vor all diesen Leuten ringsum, die neugierig gedrängt auf ihn sahen und jetzt plötzlich, jeder erschreckt, beschämt, verwirrt, sich von ihm abwandten. Gerade genug Kraft blieb ihm noch, an uns vorbeizuwanken, ohne einen einzigen anzusehen, und im Lesezimmer das Licht abzudrehen; dann hörte man, wie sein schwerer, massiger Körper dumpf in einen Fauteuil fiel, und hörte ein wildes, tierisches Schluchzen, wie nur ein Mann weinen kann, der noch nie geweint hat. Und dieser elementare Schmerz hatte über jeden von uns, auch den Geringsten, eine Art betäubender Gewalt. Keiner der Kellner, keiner der aus Neugierde herbeigeschlichenen Gäste wagte ein Lächeln oder anderseits ein Wort des Bedauerns. Wortlos, einer nach dem andern, wie beschämt von dieser zerschmetternden Explosion des Gefühls, schlichen wir in unsere Zimmer zurück, und nur drinnen in dem dunklen Raume zuckte und schluchzte dieses hingeschlagene Stück Mensch mit sich urallein in dem langsam auslöschenden, flüsternden, zischelnden, leise raunenden und wispernden Hause.

Man wird verstehen, daß ein solches blitzschlaghaftes, knapp vor unseren Augen und Sinnen niedergefahrenes Ereignis wohl geeignet war, die sonst nur an Langeweile und sorglosen Zeitvertreib gewöhnten Menschen mächtig zu erregen. Aber jene Diskussion, die dann so vehement an unserem Tische ausbrach und knapp bis an die Grenze der Tätlichkeiten emporstürmte, hatte zwar diesen erstaunlichen Zwischenfall zum Ausgangspunkt, war aber im Wesen eher eine grundsätzliche Erörterung, ein zorniges Gegeneinander feindlicher Lebensauffassungen. Durch die Indiskretion eines Dienstmädchens, die jenen Brief gelesen – der ganz in sich zusammengestürzte Gatte hatte ihn irgendwohin auf den Boden in ohnmächtigem Zorn hingeknüllt –, war nämlich rasch bekannt geworden, daß sich Frau Henriette nicht allein, sondern einverständlich mit dem jungen Franzosen entfernt hatte (für den die Sympathie der meisten nun rapid zu schwinden begann). Nun, das wäre auf den ersten Blick hin vollkommen verständlich gewesen, daß diese kleine Madame Bovary ihren behäbigen, provinzlerischen Gatten für einen eleganten, jungen Hübschling eintauschte. Aber was alle am Hause dermaßen erregte, war der Umstand, daß weder der Fabrikant noch seine Töchter, noch auch Frau Henriette jemals diesen Lovelace vordem gesehen, daß also jenes zweistündige abendliche Gespräch auf der Terrasse und jener einstündige schwarze Kaffee im Garten genügt haben sollten, um eine etwa dreiunddreißigjährige, untadelige Frau zu bewegen, ihren Mann und ihre zwei Kinder über Nacht zu verlassen und einem wildfremden jungen Elegant auf das Geratewohl zu folgen. Diesen scheinbar offenkundigen Tatbestand lehnte nun unsere Tischrunde einhellig als perfide Täuschung und listiges Manöver des Liebespaares ab: selbstverständlich sei Frau Henriette längst mit dem jungen Mann in heimlichen Beziehungen gestanden und der Rattenfänger nur noch hierhergekommen, um die letzten Einzelheiten der Flucht zu bestimmen, denn – so folgerten sie – es sei vollkommen unmöglich, daß eine anständige Frau, nach bloß zweistündiger Bekanntschaft, einfach auf den ersten Pfiff davonlaufe. Nun machte es mir Spaß, anderer Ansicht zu sein, und ich verteidigte energisch derartige Möglichkeit, ja sogar Wahrscheinlichkeit bei einer Frau, die durch eine jahrelang enttäuschende, langweilige Ehe jedem energischen Zugriff innerlich zubereitet war. Durch meine unerwartete Opposition wurde die Diskussion rasch allgemein und vor allem dadurch erregt, daß die beiden Ehepaare, das deutsche sowohl als das italienische, die Existenz des coup de foudre als eine Narrheit und abgeschmackte Romanphantasie mit geradezu beleidigender Verächtlichkeit ablehnten.

Nun, es ist ja hier ohne Belang, den stürmischen Ablauf eines Streits zwischen Suppe und Pudding in allen Einzelheiten nachzukäuen: nur Professionals der Table d'hôte sind geistreich, und Argumente, zu denen man in der Hitzigkeit eines zufälligen Tischstreites greift, meist banal, weil bloß eilig mit der linken Hand aufgerafft. Schwer auch zu erklären, wieso unsere Diskussion dermaßen rasch beleidigende Formen annahm; die Gereiztheit, glaube ich, begann damit, daß unwillkürlich beide Ehemänner ihre eigenen Frauen von der Möglichkeit solcher Untiefen und Fährlichkeiten ausgenommen wissen wollten. Leider fanden sie dafür keine glücklichere Form, als mir entgegenzuhalten, so könne nur jemand reden, der die weibliche Psyche nach den zufälligen und allzubilligen Eroberungen von Junggesellen beurteile: das reizte mich schon einigermaßen, und als dann noch die deutsche Dame diese Lektion mit dem lehrhaften Senf bestrich, es gäbe einerseits wirkliche Frauen und andererseits »Dirnennaturen«, deren ihrer Ansicht nach Frau Henriette eine gewesen sein mußte, da riß mir die Geduld vollends, ich wurde meinerseits aggressiv. All dies Abwehren der offenbaren Tatsache, daß eine Frau in manchen Stunden ihres Lebens jenseits ihres Willens und Wissens geheimnisvollen Mächten ausgeliefert sei, verberge nur Furcht vor dem eigenen Instinkt, vor dem Dämonischen unserer Natur, und es scheine eben manchen Menschen Vergnügen zu machen, sich stärker, sittlicher und reinlicher zu empfinden als die »leicht Verführbaren«. Ich persönlich wieder fände es ehrlicher, wenn eine Frau ihrem Instinkt frei und leidenschaftlich folge, statt, wie allgemein üblich, ihren Mann in seinen eigenen Armen mit geschlossenen Augen zu betrügen. So sagte ich ungefähr, und je mehr in dem nun aufknisternden Gespräch die andern die arme Frau Henriette angriffen, um so leidenschaftlicher verteidigte ich sie (in Wahrheit weit über mein inneres Gefühl hinaus). Diese Begeisterung war nun – wie man in der Studentensprache sagt – Tusch für die beiden Ehepaare, und sie fuhren, ein wenig harmonisches Quartett, derart solidarisch erbittert auf mich los, daß der alte Däne, der mit jovialem Gesicht und gleichsam, die Stoppuhr in der Hand wie bei einem Fußballmatch, als Schiedsrichter dasaß, ab und zu mit dem Knöchel mahnend auf den Tisch klopfen mußte: »Gentlemen, please.« Aber das half immer nur für einen Augenblick. Dreimal bereits war der eine Herr vom Tisch mit rotem Kopf aufgesprungen und nur mühsam von seiner Frau beschwichtigt worden – kurz, ein Dutzend Minuten noch, und unsere Diskussion hätte in Tätlichkeiten geendet, wenn nicht plötzlich Mrs. C. wie ein mildes Öl die aufschäumenden Wogen des Gesprächs geglättet hätte.

Mrs. C., die weißhaarige, vornehme, alte englische Dame, war die ungewählte Ehrenpräsidentin unseres Tisches. Aufrecht sitzend an ihrem Platze, in immer gleichmäßiger Freundlichkeit jedem zugewandt, schweigsam und dabei von angenehmster Interessiertheit des Zuhörens, bot sie rein physisch schon einen wohltätigen Anblick: eine wunderbare Zusammengefaßtheit und Ruhe strahlte von ihrem aristokratisch verhaltenen Wesen. Sie hielt sich jedem einzelnen fern bis zu einem gewissen Grade, obwohl sie jedem mit feinem Takt eine besondere Freundlichkeit zu erweisen wußte: meist saß sie mit Büchern im Garten, manchmal spielte sie Klavier, selten nur sah man sie in Gesellschaft oder in intensivem Gespräch. Man bemerkte sie kaum, und doch hatte sie eine sonderbare Macht über uns alle. Denn kaum daß sie jetzt zum erstenmal in unser Gespräch eingriff, überkam uns einhellig das peinliche Gefühl, allzu laut und unbeherrscht gewesen zu sein.

Mrs. C. hatte die ärgerliche Pause benützt, die durch das brüske Aufspringen und wieder sachte an den Tisch Zurückgeführtsein des deutschen Herrn entstanden war. Unvermutet hob sie ihr klares, graues Auge, sah mich einen Augenblick unentschlossen an, um dann mit beinahe sachlicher Deutlichkeit das Thema in ihrem Sinne aufzunehmen.

»Sie glauben also, wenn ich Sie recht verstanden habe, daß Frau Henriette, daß eine Frau unschuldig in ein plötzliches Abenteuer geworfen werden kann, daß es Handlungen gibt, die eine solche Frau eine Stunde vorher selbst für unmöglich gehalten hätte und für die sie kaum verantwortlich gemacht werden kann?«

»Ich glaube unbedingt daran, gnädige Frau.«

»Damit wäre doch jedes moralische Urteil vollkommen sinnlos und jede Überschreitung im Sittlichen gerechtfertigt. Wenn Sie wirklich annehmen, daß das crime passionnel, wie es die Franzosen nennen, kein crime ist, wozu noch eine staatliche Justiz überhaupt? Es gehört ja nicht viel guter Wille dazu – und Sie haben erstaunlich viel guten Willen«, fügte sie leicht lächelnd hinzu –, »um dann in jedem Verbrechen eine Leidenschaft zu finden und dank dieser Leidenschaft zu entschuldigen.«

Der klare und zugleich fast heitere Ton ihrer Worte berührte mich ungemein wohltätig, und unwillkürlich ihre sachliche Art nachahmend, antwortete ich gleichfalls halb im Scherz und halb im Ernst: »Die staatliche Justiz entscheidet über diese Dinge sicherlich strenger als ich; ihr obliegt die Pflicht, mitleidlos die allgemeine Sitte und Konvention zu schützen: das nötigt sie, zu verurteilen, statt zu entschuldigen. Ich als Privatperson aber sehe nicht ein, warum ich freiwillig die Rolle des Staatsanwaltes übernehmen sollte: Ich ziehe es vor, Verteidiger von Beruf zu sein. Mir persönlich macht es mehr Freude, Menschen zu verstehen, als sie zu richten.«

Mrs. C. sah mich eine Zeitlang senkrecht mit ihren klaren, grauen Augen an und zögerte. Schon fürchtete ich, sie hätte mich nicht recht verstanden, und bereitete mich vor, ihr nun auf englisch das Gesagte zu wiederholen. Aber mit einem merkwürdigen Ernst, gleichsam wie bei einer Prüfung, stellte sie weiter ihre Fragen.

»Finden Sie es nicht doch verächtlich oder häßlich, daß eine Frau ihren Mann und ihre zwei Kinder verläßt, um irgendeinem Menschen zu folgen, von dem sie noch gar nicht wissen kann, ob er ihrer Liebe wert ist?

Können Sie wirklich ein so fahrlässiges und leichtfertiges Verhalten bei einer Frau entschuldigen, die doch immerhin nicht zu den Jüngsten zählt und sich zur Selbstachtung schon um ihrer Kinder willen erzogen haben müßte?«

»Ich wiederhole Ihnen, gnädige Frau«, beharrte ich, »daß ich mich weigere, in diesem Falle zu urteilen oder zu verurteilen. Vor Ihnen kann ich es ruhig bekennen, daß ich vorhin ein wenig übertrieben habe – diese arme Frau Henriette ist gewiß keine Heldin, nicht einmal eine Abenteurernatur und am wenigsten eine grande amoureuse. Sie scheint mir, soweit ich sie kenne, nichts als eine mittelmäßige, schwache Frau, für die ich ein wenig Respekt habe, weil sie mutig ihrem Willen gefolgt ist, aber noch mehr Bedauern, weil sie gewiß morgen, wenn nicht schon heute, tief unglücklich sein wird. Dumm vielleicht, gewiß übereilt mag sie gehandelt haben, aber keineswegs niedrig und gemein, und nach wie vor bestreite ich jedermann das Recht, diese arme, unglückliche Frau zu verachten.«

»Und Sie selbst, haben Sie noch genau denselben Respekt und dieselbe Achtung für sie? Machen Sie gar keinen Unterschied zwischen der Frau, mit der Sie vorgestern als einer ehrbaren Frau beisammen waren, und jener andern, die gestern mit einem wildfremden Menschen davongelaufen ist?«

»Gar keinen. Nicht den geringsten, nicht den allergeringsten.«

»Is that so?« Unwillkürlich sprach sie englisch: das ganze Gespräch schien sie merkwürdig zu beschäftigen. Und nach einem kurzen Augenblick des Nachdenkens hob sich ihr klarer Blick mir nochmals fragend entgegen.

»Und wenn Sie morgen Madame Henriette, sagen wir in Nizza, begegnen würden, am Arme dieses jungen Mannes, würden Sie sie noch grüßen?«

»Selbstverständlich.«

»Und mit ihr sprechen?«

»Selbstverständlich.«

»Würden Sie – wenn Sie... wenn Sie verheiratet wären, eine solche Frau Ihrer Frau vorstellen, genau so, als ob nichts vorgefallen wäre?«

»Selbstverständlich.«

»Would you really?« sagte sie wiederum englisch, voll ungläubigen, verwunderten Erstaunens.

»Surely I would«, antwortete ich unbewußt gleichfalls englisch.

Mrs. C. schwieg. Sie schien noch immer angestrengt nachzudenken, und plötzlich sagte sie, während sie mich, gleichsam über ihren eigenen Mut erstaunt, ansah: »I don't know, if I would. Perhaps I might do it also.« Und mit jener unbeschreiblichen Sicherheit, wie nur Engländer ein Gespräch endgültig und doch ohne grobe Brüskerie abzuschließen wissen, stand sie auf und bot mir freundlich die Hand. Durch ihre Einwirkung war die Ruhe wieder eingekehrt, und wir dankten ihr innerlich alle, daß wir, eben noch Gegner, nun mit leidlicher Höflichkeit einander grüßten und die schon gefährlich gespannte Atmosphäre sich an ein paar leichten Scherzworten wieder auflockerte.

Obwohl unsere Diskussion schließlich in ritterlicher Weise ausgetragen schien, blieb von jener aufgereizten Erbitterung dennoch eine leichte Entfremdung zwischen meinen Widerpartnern und mir zurück. Das deutsche Ehepaar verhielt sich reserviert, während sich das italienische darin gefiel, mich in den nächsten Tagen immer wieder spöttelnd zu fragen, ob ich etwas von der »cara signora Henrietta« gehört hätte. So urban unsere Formen auch schienen, irgend etwas von der loyalen und unbetonten Geselligkeit unseres Tisches war doch unwiderruflich zerstört.
Um so auffälliger wurde für mich aber die ironische Kühle meiner damaligen Gegner durch die ganz besondere Freundlichkeit, die mir seit jener Diskussion Mrs. C. erwies. Sonst doch von äußerster Zurückhaltung und kaum je außerhalb der Mahlzeiten zu einem Gespräch mit den Tischgenossen geneigt, fand sie nun mehreremal Gelegenheit, mich im Garten anzusprechen und – fast möchte ich sagen: auszuzeichnen, denn ihre vornehm zurückhaltende Art ließ ein privates Gespräch schon als besondere Gunst erscheinen. Ja, um aufrichtig zu sein, muß ich berichten, daß sie mich geradezu suchte und jeden Anlaß benützte, um mit mir ins Gespräch zu kommen, und dies in einer so unverkennbaren Weise, daß ich auf eitle und seltsame Gedanken hätte kommen können, wäre sie nicht eine alte weißhaarige Frau gewesen. Plauderten wir aber dann zusammen, so kehrte unsere Unterhaltung unvermeidlich und unablenkbar zu jenem Ausgangspunkt zurück, zu Madame Henriette: es schien ihr ein ganz

geheimnisvolles Vergnügen zu bereiten, die Pflichtvergessene einer seelischen Haltlosigkeit und Unzuverlässigkeit zu beschuldigen. Aber gleichzeitig schien sie sich der Unerschütterlichkeit zu freuen, mit der meine Sympathien auf der Seite dieser zarten, feinen Frau verblieben, und daß nichts mich jemals bestimmen konnte, diese Sympathie zu verleugnen. Immer wieder lenkte sie unsere Gespräche in dieser Richtung, schließlich wußte ich nicht mehr, was ich von dieser sonderbaren, beinahe spleenigen Beharrlichkeit denken sollte.

Das ging so einige Tage, fünf oder sechs, ohne daß sie mit einem Wort verraten hätte, warum diese Art des Gesprächs für sie eine gewisse Wichtigkeit gewonnen hätte. Daß dem aber so war, wurde mir unverkennbar, als ich bei einem Spaziergang gelegentlich erwähnte, meine Zeit sei hier zu Ende und ich gedächte, übermorgen abzureisen. Da bekam ihr sonst so wellenloses Gesicht plötzlich einen merkwürdig gespannten Ausdruck, wie Wolkenschatten flog es über ihre meergrauen Augen hin: »Wie schade! Ich hätte noch so viel mit Ihnen zu besprechen.« Und von diesem Augenblick an verriet eine gewisse Fahrigkeit und Unruhe, daß sie während ihrer Worte an etwas anderes dachte, das sie gewaltsam beschäftigte und ablenkte. Schließlich schien diese Abgelenktheit sie selbst zu stören, denn quer über ein plötzlich eingetretenes Schweigen hinweg bot sie mir unvermutet die Hand:

»Ich sehe, ich kann nicht klar aussprechen, was ich Ihnen eigentlich sagen möchte. Ich will Ihnen lieber schreiben.« Und rascheren Schrittes, als ich es sonst an ihr gewöhnt war, ging sie gegen das Haus zu.

Tatsächlich fand ich am Abend, knapp vor dem Dinner, in meinem Zimmer einen Brief in ihrer energischen, offenen Handschrift. Nun bin ich leider mit den schriftlichen Dokumenten meiner Jugendjahre ziemlich leichtfertig umgegangen, so daß ich nicht den Wortlaut wiedergeben und nur das Tatsächliche ihrer Anfrage, ob sie mir aus ihrem Leben etwas erzählen dürfte, im ungefähren Inhalt andeuten kann. Jene Episode liege so weit zurück, schrieb sie, daß sie eigentlich kaum mehr zu ihrem gegenwärtigen Leben gehöre, und daß ich übermorgen schon abreise, mache ihr leichter, über etwas zu sprechen, was sie seit mehr als zwanzig Jahren innerlich quäle und beschäftige. Falls ich also ein solches Gespräch nicht als Zudringlichkeit empfände, so würde sie mich gern um diese Stunde bitten.

Der Brief, von dem ich hier nur das rein Inhaltliche aufzeichne, faszinierte mich ungemein: das Englische allein gab ihm einen hohen Grad von Klarheit und Entschlossenheit. Dennoch wurde mir die Antwort nicht ganz leicht, ich zerriß drei Entwürfe, ehe ich antwortete:

»Es ist mir eine Ehre, daß Sie mir so viel Vertrauen schenken, und ich verspreche Ihnen, ehrlich zu antworten, falls Sie dies von mir fordern. Ich darf Sie natürlich nicht bitten, mir mehr zu erzählen, als Sie innerlich wollen. Aber was Sie erzählen, erzählen Sie sich und mir ganz wahr. Bitte, glauben Sie mir, daß ich Ihr Vertrauen als eine besondere Ehre empfinde.«

Der Zettel wanderte abends in ihr Zimmer, am nächsten Morgen fand ich die Antwort:
»Sie haben vollkommen recht: die halbe Wahrheit ist nichts wert, immer nur die ganze. Ich werde alle Kraft zusammennehmen, um nichts gegen mich selbst oder gegen Sie zu verschweigen. Kommen Sie nach dem Dinner in mein Zimmer – mit siebenundsechzig Jahren habe ich keine Mißdeutung zu fürchten. Denn im Garten oder in der Nähe von Menschen kann ich nicht sprechen. Sie dürfen mir glauben, es war nicht leicht, mich überhaupt zu entschließen.«
Bei Tag trafen wir uns noch bei Tisch und konversierten artig über gleichgültige Dinge. Aber im Garten schon wich sie, mir begegnend, mit sichtlicher Verwirrung aus, und ich empfand es als peinlich und rührend zugleich, wie diese alte weißhaarige Dame mädchenscheu in eine Pinienallee vor mir flüchtete.
Am Abend, zur vereinbarten Stunde, klopfte ich an, mir wurde sofort aufgetan: das Zimmer lag in einem matten Zwielicht, nur die kleine Leselampe auf dem Tisch warf einen gelben Kegel in den sonst dämmerhaft dunklen Raum. Ganz ohne Befangen trat Mrs. C. auf mich zu, bot mir einen Fauteuil und setzte sich mir gegenüber: jede dieser Bewegungen, spürte ich, war innerlich bereitgestellt, aber doch kam eine Pause, offenbar wider ihren Willen, eine Pause des schweren Entschlusses, die lange und immer länger wurde, die ich aber nicht wagte mit einem Wort zu brechen, weil ich spürte, daß hier ein starker Wille gewaltsam mit einem starken Widerstand rang. Vom Konversations-

zimmer unten kreiselten manchmal matt die abgerissenen Töne eines Walzers herauf, ich hörte angespannt hin, gleichsam um dem Stillesein etwas von seinem lastenden Druck zu nehmen. Auch sie schien das unnatürlich Gespannte dieses Schweigens schon peinlich zu empfinden, denn plötzlich raffte sie sich zum Absprung und begann:

»Nur das erste Wort ist schwer. Ich habe mich seit zwei Tagen darauf vorbereitet, ganz klar und wahr zu sein: hoffentlich wird es mir gelingen. Vielleicht verstehen Sie jetzt noch nicht, daß ich Ihnen, einem Fremden, all dies erzähle, aber es vergeht kein Tag, kaum eine einzige Stunde, wo ich nicht an dieses bestimmte Geschehnis denke, und Sie können mir alten Frau glauben, daß es unerträglich ist, sein ganzes Leben lang auf einen einzigen Punkt seines Lebens zu starren, auf einen einzigen Tag. Denn alles, was ich Ihnen erzählen will, umspannt einen Zeitraum von bloß vierundzwanzig Stunden innerhalb von siebenundsechzig Jahren, und ich habe mir selbst bis zum Irrsinn oft gesagt, was bedeutet's, wenn man einmal da einen Augenblick unsinnig gehandelt hätte. Aber man wird das nicht los, was wir mit einem sehr unsicheren Ausdruck Gewissen nennen, und ich habe mir damals, als ich Sie so sachlich über den Fall Henriette reden hörte, gedacht, vielleicht würde dieses sinnlose Zurückdenken und unablässige Sich-selbst-Anklagen ein Ende haben, könnte ich mich einmal entschließen, vor irgendeinem Menschen frei über diesen einen Tag meines Lebens zu sprechen. Wäre ich nicht anglikanischer Konfession, sondern Katholikin, so hätte mir längst die Beichte Gelegenheit geboten, dies Verschwiegene im Wort zu erlösen – aber diese Tröstung ist uns versagt, und so mache ich heute diesen sonderbaren Versuch, mich selbst freizusprechen, indem ich zu Ihnen spreche. Ich weiß, das alles ist sehr sonderbar, aber Sie sind ohne Zögern auf meinen Vorschlag eingegangen, und ich danke Ihnen dafür.

Also, ich sagte ja schon, daß ich Ihnen nur einen einzigen Tag aus meinem Leben erzählen möchte – alles übrige scheint mir bedeutungslos und für jeden andern langweilig. Was bis zu meinem zweiundvierzigsten Jahre geschah, geht mit keinem Schritt über das Gewöhnliche hinaus. Meine Eltern waren reiche Landlords in Schottland, wir besaßen große Fabriken und Pachten und lebten nach landesüblicher Adelsart den größten Teil des Jahres auf unseren Gütern, während der Season in London. Mit achtzehn Jahren lernte ich in einer Gesellschaft meinen Mann kennen, er war ein zweiter Sohn aus der bekannten Familie der R... und hatte zehn Jahre in Indien bei der Armee gedient. Wir heirateten rasch und führten das sorglose Leben unserer Gesellschaftskreise, ein Vierteljahr in London, ein Vierteljahr auf unsern Gütern, die übrige Zeit hotelabstreifend in Italien, Spanien und Frankreich. Nie hat der leiseste Schatten unsere Ehe getrübt, die beiden Söhne, die uns geboren wurden, sind heute schon erwachsen. Als ich vierzig Jahre alt war, starb plötzlich mein Mann. Er hatte sich von seinen Tropenjahren ein Leberleiden mitgebracht: ich verlor ihn innerhalb

zweier entsetzlicher Wochen. Mein älterer Sohn war damals schon im Dienst, der jüngere im College – so stand ich über Nacht vollkommen im Leeren, und dieses Alleinsein war mir, die ich zärtliche Gemeinschaft gewohnt war, fürchterliche Qual. In dem verlassenen Hause, das mit jedem Gegenstand mich an den tragischen Verlust meines geliebten Mannes erinnerte, auch nur noch einen Tag länger zu bleiben, schien mir unmöglich: so entschloß ich mich, die nächsten Jahre, solange meine Söhne nicht verheiratet waren, viel auf Reisen zu gehen.
Im Grunde betrachtete ich mein Leben von diesem Augenblick an als vollkommen sinnlos und unnütz. Der Mann, mit dem ich durch dreiundzwanzig Jahre jede Stunde und jeden Gedanken geteilt hatte, war tot, meine Kinder brauchten mich nicht, ich fürchtete, ihre Jugend zu verstören mit meiner Verdüsterung und Melancholie – für mich selbst aber wollte ich und begehrte ich nichts mehr. Ich übersiedelte zunächst nach Paris, ging dort aus Langeweile in die Geschäfte und Museen; aber die Stadt und die Dinge standen fremd um mich herum, und Menschen wich ich aus, weil ich ihre höflich bedauernden Blicke auf meine Trauerkleider nicht vertrug. Wie diese Monate stumpfen blicklosen Zigeunerns vergangen sind, wüßte ich nicht mehr zu erzählen: ich weiß nur, ich hatte immer den Wunsch zu sterben, nur nicht die Kraft, selbst dies schmerzlich Ersehnte zu beschleunigen.
Im zweiten Trauerjahr, also im zweiundvierzigsten meines Lebens, war ich auf dieser uneingestandenen

Flucht vor einer wertlos gewordenen und nicht zu erdrückenden Zeit im letzten Märzmonat nach Monte Carlo geraten. Aufrichtig gesagt: es geschah aus Langeweile, aus jener peinigenden, wie eine Übelkeit aufquellenden Leere des Innern, die sich wenigstens mit kleinen äußern Reizmitteln füttern will. Je weniger in mir selbst sich gefühlshaft regte, um so stärker drängte michs hin, wo der Lebenskreisel sich am geschwindesten dreht: für den Erlebnislosen ist ja leidenschaftliche Unruhe der andern noch ein Nervenerlebnis wie Schauspiel oder Musik.

Darum ging ich auch öfters ins Kasino. Es reizte mich, auf den Gesichtern anderer Menschen Beglückung oder Bestürzung unruhig hin und her wogen zu sehen, indes in mir selbst diese entsetzliche Ebbe lag. Zudem war mein Mann, ohne leichtfertig zu sein, gern gelegentlich Gast des Spielsaals gewesen, und ich lebte mit einer gewissen unabsichtlichen Pietät alle seine früheren Gewohnheiten getreulich weiter. Und dort begannen jene vierundzwanzig Stunden, die erregender waren als alles Spiel und mein Schicksal auf Jahre hinaus verstörten.

Zu Mittag hatte ich mit der Herzogin von M., einer Verwandten meiner Familie, diniert, nach dem Souper fühlte ich mich noch nicht müde genug, um schlafen zu gehen. So trat ich in den Spielsaal, schlenderte, ohne selbst zu spielen, zwischen den Tischen hin und her und sah mir die zusammengemengte Partnerschaft in besonderer Weise an. Ich sage: in besonderer Weise auf eine nämlich, die mich mein verstorbener Mann einmal gelehrt hatte, als ich, des Zuschauens müde, klagte, es sei mir langweilig, immer dieselben Gesichter anzugaffen, die alten, verhutzelten Frauen, die da stundenlang sitzen auf ihren Sesseln, ehe sie ein Jeton wagen, die abgefeimten Professionals und Kartenspielkokotten, jene ganze fragwürdige, zusammengeschneite Gesellschaft, die, Sie wissen ja, bedeutend weniger pittoresk und romantisch ist, als sie in den elenden Romanen immer gemalt wird, gleichsam als fleur d'élégance und Aristokratie Europas. Und dabei war ja das Kasino vor zwanzig Jahren, als noch bares sinnlich sichtbares Geld umrollte, die knisternden Noten, die goldenen Napoleons, die patzigen Fünffrankenstücke durcheinanderwirbelten, unendlich anziehender als heute, da in der modisch neugebauten pomphaften Spielburg ein verbürgertes Cook-Reisepublikum seine charakterlosen Spielmarken langweilig verpulvert. Doch schon damals fand ich zu wenig Reiz an diesem Einerlei gleichgültiger Gesichter, bis mir dann einmal mein Mann, dessen private Leidenschaft die Chiromantie, die Händedeutung, war, eine ganz besondere Art des Zusehens zeigte, in der Tat viel interessanter, viel aufregender und spannender als das lässige Herumstehen, nämlich: niemals auf ein Gesicht zu sehen, sondern einzig auf das Viereck des Tisches und dort wieder nur auf die Hände der Menschen, nur auf ihr besonderes Benehmen. Ich weiß nicht, ob Sie zufälligerweise einmal selbst bloß die grünen Tische ins Auge gefaßt haben, nur das grüne Karree allein, wo in der Mitte die Kugel wie ein Betrunkener von Zahl zu Zahl taumelt und innerhalb der viereckig abgegrenzten Felder wirbelnde Fetzen von Papier, runde Stücke Silber und Gold hinfallen wie eine Saat, die dann der Rechen des Croupiers sensenscharf mit einem Riß wegmäht oder als Garbe dem Gewinner zuschaufelt. Das einzig Wandelhafte werden bei einer solchen perspektivischen Einstellung dann die Hände – die vielen hellen, bewegten, wartenden Hände rings um den grünen Tisch, alle aus der immer andern Höhle eines Ärmels vorlugend, jede ein Raubtier, zum Sprung bereit, jede anders geformt und gefärbt, manche nackt, andere mit Ringen und klirrenden Ketten aufgezäumt, manche behaart wie wilde Tiere, manche feucht und aalhaft gekrümmt, alle aber angespannt und vibrierend von einer ungeheuren Ungeduld. Unwillkürlich mußte ich dann immer an einen Rennplatz denken, wo im Start die aufgeregten Pferde mit Mühe zurückgehalten werden, damit sie nicht vorzeitig losprellen: genau so zittern und heben und bäumen sie sich. Alles erkennt man an diesen Händen, an der Art, wie sie warten, wie sie greifen und stocken: den Habsüchtigen an der krallenden, den Verschwender an der lockeren Hand, den Berechnenden am ruhigen, den Verzweifelten am zitternden Gelenk; hundert Charaktere verraten sich blitzhaft schnell in der Geste des Geldanfassens, ob einer es knüllt oder nervös krümelt oder erschöpft, mit müden Handballen, während des Umlaufs liegen läßt. Der Mensch verrät sich im Spiele, ein Dutzendwort, ich weiß; ich aber sage: noch deutlicher verrät ihn während des Spiels seine eigene Hand.

Denn alle oder fast alle Hasardeure haben bald gelernt, ihr Gesicht zu bezähmen – oben, über dem Hemdkragen, tragen sie die kalte Maske der impassibilité –, sie zwingen die Falten um den Mund herab und stoßen ihre Erregung unter die verbissenen Zähne, sie verweigern ihren eigenen Augen die sichtliche Unruhe, sie glätten die aufspringenden Muskeln des Gesichtes zu einer künstlichen, auf vornehm hin stilisierten Gleichgültigkeit. Aber gerade, weil alle ihre Aufmerksamkeit sich krampfig konzentriert, ihr Gesicht als das Sichtbarste ihres Wesens zu bemeistern, vergessen sie ihre Hände und vergessen, daß es Menschen gibt, die nur diese Hände beobachten und von ihnen alles erraten, was oben die lächelnd gekräuselte Lippe, die absichtlich indifferenten Blicke verschweigen wollen. Aber die Hand tut indes ihr Geheimstes ganz schamlos auf. Denn ein Augenblick kommt unweigerlich, der alle diese mühsam beherrschten, scheinbar schlafenden Finger aus ihrer vornehmen Nachlässigkeit aufreißt: in der prallen Sekunde, wo die Roulettekugel in ihr kleines Becken fällt und die Gewinnzahl aufgerufen wird, da, in dieser Sekunde macht jede dieser hundert oder fünfhundert Hände unwillkürlich eine ganz persönliche, ganz individuelle Bewegung urtümlichen Instinkts. Und wenn man, wie ich, durch jene Liebhaberei meines Gatten besonders belehrt, diese Arena der Hände zu beobachten gewohnt ist, wirkt der immer andre, immer unerwartete Ausbruch der immer andersartigen Temperamente aufregender als Theater oder Musik: ich kann es Ihnen gar nicht schildern, wieviel tausend Spielarten von Händen es gibt, wilde Bestien mit haarigen, gekrümmten Fingern, die spinnenhaft das Geld einkrallen, und nervöse, zittrige, mit blassen Nägeln, die es kaum anzufassen wagen, noble und niedrige, brutale und schüchterne, listige und gleichsam stammelnde – aber jede wirkt anders, denn jedes dieser Händepaare drückt ein besonderes Leben aus, mit Ausnahme jener vier oder fünf der Croupiers. Die sind ganz Maschinen, sie funktionieren mit ihrer sachlichen, geschäftlichen, völlig unbeteiligten Präzision gegenüber den gesteigert lebendigen wie die stählern klappernden Schließen eines Zählapparats. Aber selbst diese nüchternen Hände wirken wiederum erstaunlich durch ihren Gegensatz zwischen ihren jagdhaften und leidenschaftlichen Brüdern: sie stehen, möchte ich sagen, anders uniformiert, wie Polizisten inmitten eines wogenden und begeisterten Volksaufruhrs. Dazu kommt noch der persönliche Anreiz, nach einigen Tagen mit den vielen Gewohnheiten und Leidenschaften einzelner Hände bereits vertraut zu sein; nach ein paar Tagen hatte ich immer schon Bekannte unter ihnen und teilte sie ganz wie Menschen in sympathische und feindselige ein: manche waren mir so widerlich in ihrer Unart und Gier, daß ich immer den Blick von ihnen wegwandte wie von einer Unanständigkeit. Jede neue Hand am Tisch aber war mir Erlebnis und Neugier: oft vergaß ich, das Gesicht darüber anzusehen, das, hoch oben in einen Kragen geschnürt, als kalte gesellschaftliche Maske über einem Smokinghemd oder einem leuchtenden Busen unbewegt aufgepflanzt stand.

Als ich nun an jenem Abend eintrat, an zwei überfüllten Tischen vorbei zu dem dritten hin, und einige Goldstücke schon vorbereitete, hörte ich überrascht in jener ganz wortlosen, ganz gespannten, vom Schweigen gleichsam dröhnenden Pause, die immer eintritt, wenn die Kugel, schon selbst tödlich ermattet, nur noch zwischen zwei Nummern hintorkelt, da hörte ich also ein ganz sonderbares Geräusch gerade gegenüber, ein Krachen und Knacken, wie von brechenden Gelenken. Unwillkürlich staunte ich hinüber. Und da sah ich – wirklich, ich erschrak! – zwei Hände, wie ich sie noch nie gesehen, eine rechte und eine linke, die wie verbissene Tiere ineinandergekrampft waren und in so aufgebäumter Spannung sich ineinander und gegeneinander dehnten und krallten, daß die Fingergelenke krachten mit jenem trockenen Ton einer aufgeknackten Nuß. Es waren Hände von ganz seltener Schönheit, ungewöhnlich lang, ungewöhnlich schmal, und doch von Muskeln straff durchspannt – sehr weiß und die Nägel an ihren Spitzen blaß, mit zart gerundeten perlmutternen Schaufeln. Ich habe sie den ganzen Abend dann noch angesehen – ja angestaunt, diese außerordentlichen, geradewegs einzigen Hände – was mich aber zunächst so schreckhaft überraschte, war ihre Leidenschaft, ihr irrwitzig passionierter Ausdruck, dies krampfige Ineinanderringen und Sichgegenseitighalten. Hier drängte ein ganzer übervoller Mensch, sofort wußte ichs, seine Leidenschaft in die Fingerspitzen zusammen, um nicht selbst von ihr auseinandergesprengt zu werden. Und jetzt ... in der

Sekunde, da die Kugel mit trockenem dürrem Ton in die Schüssel fiel und der Croupier die Zahl ausrief ... in dieser Sekunde fielen plötzlich die beiden Hände auseinander wie zwei Tiere, die eine einzige Kugel durchschossen. Sie fielen nieder, alle beide, wirklich tot und nicht nur erschöpft, sie fielen nieder mit einem so plastischen Ausdruck von Schlaffheit, von Enttäuschung, von Blitzgetroffenheit, von Zuendesein, wie ich ihn nicht mit Worten ausdrücken kann. Denn noch nie und seitdem niemals mehr habe ich so sprechende Hände gesehen, wo jeder Muskel ein Mund war und die Leidenschaft fühlbar fast aus den Poren brach. Einen Augenblick lang lagen sie beide dann auf dem grünen Tisch wie ausgeworfene Quallen am Wasserrand, flach und tot. Dann begann die eine, die rechte, mühsam wieder sich von den Fingerspitzen her aufzurichten, sie zitterte, zog sich zurück, rotierte um sich selbst, schwankte, kreiselte und griff plötzlich nervös nach einem Jeton, das sie zwischen der Spitze des Daumens und des zweiten Fingers unschlüssig rollte wie ein kleines Rad. Und plötzlich beugte sie sich mit einem Katzenbuckel pantherhaft auf und schnellte, ja spie geradezu das Hundertfrancsjeton mitten auf das schwarze Feld. Sofort bemächtigte sich, wie auf ein Signal hin, Erregung auch der untätig schlafenden linken Hand; sie stand auf, schlich, ja kroch heran zu der zitternden, vom Wurfe gleichsam ermüdeten Bruderhand, und beide lagen jetzt schauernd beisammen, beide schlugen mit dem Gelenk, wie Zähne im Frostfieber leicht aneinanderklappern, lautlos an den Tisch –

nein, nie, noch niemals hatte ich Hände mit so ungeheuerlich redendem Ausdruck gesehen, eine derart spasmatische Form von Erregung und Spannung. Alles andere in diesem wölbigen Raum, das Gesurr aus den Sälen, das marktschreierische Rufen der Croupiers, das Hin und Her der Menschen und jenes der Kugel selbst, die jetzt, aus der Höhe geschleudert, in ihrem runden, parkettglatten Käfig besessen sprang – alle diese grell über die Nerven flitzende Vielheit von flirrenden und schwirrenden Impressionen schien mir plötzlich tot und starr neben diesen beiden zitternden, atmenden, keuchenden, wartenden, frierenden, schauernden, neben diesen beiden unerhörten Händen, auf die hinzustarren, ich irgendwie verzaubert war.

Aber endlich hielt es mich nicht länger; ich mußte den Menschen, mußte das Gesicht sehen, dem diese magischen Hände zugehörten, und ängstlich – ja, wirklich ängstlich, denn ich fürchtete mich vor diesen Händen! – schraubte mein Blick sich langsam die Ärmel, die schmalen Schultern empor. Und wieder schrak ich zusammen, denn dieses Gesicht sprach dieselbe zügellose, phantastisch überspannte Sprache wie die Hände, es teilte die gleiche entsetzliche Verbissenheit des Ausdrucks mit derselben zarten und fast weibischen Schönheit. Nie hatte ich ein solches Gesicht gesehen, ein dermaßen aus sich herausgebogenes, ganz von sich selbst weggerissenes Gesicht, und mir war volle Gelegenheit geboten, es wie eine Maske, wie eine augenlose Plastik gemächlich zu betrachten: nicht zur Rechten, nicht zur Linken hin wandte sich nur für eine Sekunde dies besessene Auge: starr, schwarz, eine tote Glaskugel, stand die Pupille unter den aufgerissenen Lidern, spiegelnder Widerschein jener andern mahagonifarbenen, die närrisch und übermütig im runden Roulettekästchen kollerte und sprang. Nie, ich muß es noch einmal sagen, hatte ich ein so gespanntes, ein dermaßen faszinierendes Gesicht gesehen. Es gehörte einem jungen, etwa vierundzwanzigjährigen Menschen, war schmal, zart, ein wenig länglich und dadurch so ausdrucksvoll. Genau wie die Hände, wirkte es nicht ganz männlich, sondern eher einem leidenschaftlich spielenden Knaben zugehörig – aber all das bemerkte ich erst später, denn jetzt verging dieses Gesicht vollkommen hinter einem vorbrechenden Ausdruck von Gier und Raserei. Der schmale Mund, lechzend aufgetan, entblößte halbwegs die Zähne: Im Abstand von zehn Schritten konnte man sehen, wie sie fieberhaft aneinanderschlugen, indes die Lippen starr offen blieben. Feucht klebte eine lichtblonde Haarsträhne sich an die Stirn, vornübergefallen wie bei einem Stürzenden, und um die Nasenflügel flackerte ununterbrochenes Zukken hin und her, als wogten dort kleine Wellen unsichtbar unter der Haut. Und dieser ganze vorgebeugte Kopf schob sich unbewußt immer mehr nach vorne, man hatte das Gefühl, er würde mitgerissen in den Wirbel der kleinen Kugel; und nun verstand ich erst das krampfige Drücken der Hände: nur durch dieses Gegendrücken, nur durch diesen Krampf hielt der aus dem Zentrum stürzende Körper sich noch im Gleichgewicht. Nie hatte ich – ich muß es immer wieder sagen – ein Gesicht gesehen, in dem Leidenschaft dermaßen offen, so tierisch, so schamlos nackt vorbrach, und ich starrte es an, dieses Gesicht ... genauso fasziniert, so festgebannt von seiner Besessenheit, wie jene Blicke vom Sprung und Zucken der kreisenden Kugel. Von dieser Sekunde an merkte ich nichts anderes mehr im Saale, alles schien mir matt, dumpf und verschwommen, dunkel im Vergleich mit dem ausbrechenden Feuer dieses Gesichtes, und über alle Menschen hinweg beobachtete ich vielleicht eine Stunde lang nur diesen einen Menschen und jede seiner Gesten: wie grelles Licht seine Augen überfunkelte, der krampfige Knäuel der Hände jetzt gleichsam von einer Explosion aufgerissen ward und die Finger zitternd wegsprengte, als der Croupier ihrem gierigen Zugriff jetzt zwanzig Goldstücke zuschob. In dieser Sekunde wurde das Gesicht plötzlich lichthaft und ganz jung, die Falten fielen flach auseinander, die Augen begannen zu erglänzen, der vorgekrampfte Körper stieg hell und leicht empor – locker wie ein Reiter saß er mit einemmal da, getragen vom Gefühl des Triumphes, die Finger klimperten eitel und verliebt mit den runden Münzen, schnippten sie gegeneinander, ließen sie tanzen und spielartig klingeln. Dann wandte er wieder unruhig den Kopf, überflog den grünen Tisch gleichsam mit schnuppernden Nüstern eines jungen Jagdhundes, der die richtige Fährte sucht, um plötzlich mit einem raschen Ruck das ganze Büschel Goldstücke über eines der Vierecke hinzuschütten. Und sofort begann wieder dieses Lauern, dieses Gespanntsein. Wieder krochen von den Lippen jene elektrisch zukkenden Wellenschläge, wieder verkrampften sich die Hände, das Knabengesicht verschwand hinter lüsterner Erwartung, bis explosiv die zuckende Spannung in einer Enttäuschung auseinanderfiel: Das Gesicht, das eben noch knabenhaft erregte, welkte, wurde fahl und alt, die Augen stumpf und ausgebrannt, und alles dies innerhalb einer einzigen Sekunde, im Hinsturz der Kugel auf eine fehlgemeinte Zahl. Er hatte verloren: ein paar Sekunden starrte er hin, beinahe blöden Blikkes, als ob er nicht verstanden hätte; sofort aber bei dem ersten aufpeitschenden Ruf des Croupiers krallten die Finger wieder ein paar Goldstücke heran. Aber die Sicherheit war verloren, erst postierte er die Münzen auf das eine Feld, dann, anders besonnen, auf ein zweites, und als die Kugel schon im Rollen war, schleuderte er mit zitternder Hand, einer plötzlichen Neigung folgend, noch zwei zerknüllte Banknoten rasch in das Karree nach.

Dieses zuckende Auf und Ab von Verlust und Gewinn dauerte pausenlos ungefähr eine Stunde, und während dieser Stunde wandte ich nicht einen Atemzug lang meinen faszinierten Blick von diesem fortwährend verwandelten Gesicht, über das alle Leidenschaften strömten und ebbten; ich ließ sie nicht los mit den Augen, diese magischen Hände, die mit jedem Muskel die ganze springbrunnenhaft steigende und stürzende Skala der Gefühle plastisch wiedergaben. Nie im Theater habe ich so angespannt auf das Gesicht eines

Schauspielers gesehen, wie in dieses Antlitz hinein, über das, wie Licht und Schatten über eine Landschaft, unaufhörlicher Wechsel aller Farben und Empfindungen ruckhaft hinging. Nie war ich mit meinem ganzen Anteil so innen in einem Spiel gewesen als im Widerschein dieser fremden Erregung. Hätte mich jemand in diesem Moment beobachtet, so hätte er mein stählernes Hinstarren für eine Hypnose halten müssen, und irgendwie ähnlich war ja auch mein Zustand vollkommener Benommenheit – ich konnte einfach nicht wegsehen von diesem Mienenspiel, und alles andere, was im Raum an Lichtern, Lachen, Menschen und Blicken durcheinanderging, umschwebte mich nur formlos, ein gelber Rauch, inmitten dessen dieses Gesicht stand, Flamme zwischen Flammen. Ich hörte nichts, ich spürte nichts, ich merkte nicht Menschen neben mir vordrängen, andere Hände wie Fühler sich plötzlich vorstrecken, Geld hinwerfen oder einkarren; ich sah die Kugel nicht und hörte nicht die Stimme des Croupiers und sah doch alles wie im Traum, was geschah, an diesen Händen hohlspiegelhaft übersteigert durch Erregung und Übermaß. Denn ob die Kugel auf Rot fiel oder auf Schwarz, rollte oder stockte, das zu wissen, mußte ich nicht auf das Roulette blicken: jede Phase ging, Verlust und Gewinn, Erwartung und Enttäuschung, feurigen Risses durch Nerv und Geste dieses von Leidenschaft überwogten Gesichts.

Aber dann kam ein furchtbarer Augenblick – ein Augenblick, den ich in mir die ganze Zeit hindurch dumpf schon gefürchtet hatte, der über meinen gespannten Nerven wie ein Gewitter hing und plötzlich sie mittendurch riß. Wieder war die Kugel mit jenem kleinen, klapprigen Knacks in ihre Rundung zurückgestürzt, wieder zuckte jene Sekunde, wo zweihundert Lippen den Atem verhielten, bis die Stimme des Croupiers – diesmal: Zéro – ankündigte, indes schon sein eilfertiger Rechen von allen Seiten die klirrenden Münzen und das knisternde Papier zusammenscharrte. In diesem Augenblick nun machten die beiden verkrampften Hände eine besonders schreckhafte Bewegung, sie sprangen gleichsam auf, um etwas zu haschen, was nicht da war, und fielen dann, nichts in sich als zurückflutende Schwerkraft, wie tödlich ermattet, nieder auf den Tisch. Dann aber wurden sie plötzlich noch einmal lebendig, fieberhaft liefen sie vom Tisch zurück auf den eigenen Leib, kletterten wie wilde Katzen den Stamm des Körpers entlang, oben, unten, rechts und links, nervös in alle Taschen fahrend, ob nicht irgendwo noch ein vergessenes Geldstück sich verkrümelt habe. Aber immer kamen sie wieder leer zurück, immer hitziger erneuerten sie dieses sinnlose, nutzlose Suchen, indes schon die Roulettescheibe wieder umkreiselte, das Spiel der andern weiterging, Münzen klirrten, Sessel rückten, und die kleinen hundertfältig zusammengesetzten Geräusche surrend den Saal füllten. Ich zitterte, von Grauen geschüttelt: so deutlich mußte ich all das mitfühlen, als wärens meine eigenen Finger, die da verzweifelt nach irgendeinem Stück Geld in den Taschen und Wülsten des zerknitterten Kleides wühlten. Und plötzlich, mit einem einzigen Ruck stand der Mensch mir gegenüber auf – ganz so wie jemand aufsteht, dem unvermutet unwohl geworden ist, und sich hochwirft, um nicht zu erstikken; hinter ihm polterte der Stuhl krachend zu Boden. Aber ohne es nur zu bemerken, ohne der Nachbarn zu achten, die scheu und erstaunt dem Schwankenden auswichen, tappte er weg von dem Tisch.

Ich war bei diesem Anblick wie versteinert. Denn ich verstand sofort, wohin dieser Mensch ging: in den Tod. Wer so aufstand, ging nicht in einen Gasthof zurück, in eine Weinstube, zu einer Frau, in ein Eisenbahncoupé, in irgendeine Form des Lebens, sondern stürzte geradeaus ins Bodenlose. Selbst der Abgebrühteste in diesem Höllensaale hätte erkennen müssen, daß dieser Mensch nicht noch irgendwo zu Hause oder in der Bank oder bei Verwandten einen Rückhalt hatte, sondern mit seinem letzten Geld, mit seinem Leben als Einsatz hier gesessen hatte und nun hinstolperte, irgendwo anders hin, aber unbedingt aus diesem Leben hinaus. Immer hatte ich gefürchtet, vom ersten Augenblick an magisch gefühlt, daß hier ein Höheres im Spiel sei als Gewinn und Verlust, und doch schlug es nun in mich hinein, ein schwarzer Blitz, als ich sah, wie das Leben aus seinen Augen plötzlich ausrann und der Tod dies eben noch überlebendige Gesicht fahl überstrich. Unwillkürlich – so ganz war ich durchdrungen von seinen plastischen Gesten – mußte ich mich mit der Hand ankrampfen, während dieser Mensch von seinem Platz sich losrang und taumelte, denn dieses Taumeln drang jetzt in meinen eigenen Körper aus seiner Gebärde hinüber, so wie vordem seine Spannung in Ader und Nerv. Aber dann *riß* es mich fort, ich mußte ihm nach: ohne daß ich es wollte, schob sich mein Fuß. Es geschah vollkommen unbewußt, ich tat es gar nicht selbst, sondern es geschah mit mir, daß ich, ohne auf irgend jemanden zu achten, ohne mich selbst zu fühlen, in den Korridor zum Ausgang hinlief.

Er stand bei der Garderobe, der Diener hatte ihm den Mantel gebracht. Aber die eigenen Arme gehorchten nicht mehr: so half ihm der Beflissene wie einem Gelähmten mühsam in die Ärmel. Ich sah, wie er mechanisch in die Westentasche griff, jenem ein Trinkgeld zu geben, aber die Finger tasteten leer wieder heraus. Da schien er sich plötzlich wieder an alles zu erinnern, stammelte verlegen irgendein Wort dem Diener zu und gab sich genau wie vordem einen plötzlichen Ruck nach vorwärts, ehe er ganz wie ein Trunkener die Stufen des Kasinos hinabstolperte, von dem der Diener mit einem erst verächtlichen und dann erst begreifenden Lächeln ihm noch einen Augenblick lang nachsah.

Diese Geste war so erschütternd, daß mich das Zusehen beschämte. Unwillkürlich wandte ich mich zur Seite, geniert, einer fremden Verzweiflung wie von der Rampe eines Theaters zugeschaut zu haben – dann aber stieß mich plötzlich wieder jene unverständliche Angst von mir fort. Rasch ließ ich mir meine Garderobe reichen, und ohne etwas Bestimmtes zu denken, ganz mechanisch, ganz triebhaft, hastete ich diesem fremden Menschen nach in das Dunkel.«

Mrs. C. unterbrach ihre Erzählung für einen Augenblick. Sie hatte mir unbewegt gegenüber gesessen und mit jener ihr eigenen Ruhe und Sachlichkeit fast pausenlos gesprochen, wie eben nur jemand spricht, der sich innerlich vorbereitet und die Geschehnisse sorgfältig geordnet hat. Nun stockte sie zum erstenmal, zögerte und wandte sich dann plötzlich aus ihrer Erzählung heraus direkt mir zu:

»Ich habe Ihnen und mir selbst versprochen«, begann sie etwas unruhig, »alles Tatsächliche mit äußerster Aufrichtigkeit zu erzählen. Aber ich muß nun verlangen, daß Sie dieser meiner Aufrichtigkeit auch vollen Glauben schenken und nicht meiner Handlungsweise verschwiegene Motive unterlegen, deren ich mich vielleicht heute nicht schämen würde, die aber in diesem Falle vollkommen falsch vermutet wären. Ich muß also betonen, daß, wenn ich diesem zusammengebrochenen Spieler auf der Straße nacheilte, ich durchaus nicht etwa verliebt in diesen jungen Menschen war – ich dachte gar nicht an ihn als an einen Mann, und tatsächlich hat für mich, die damals mehr als vierzigjährige Frau, nach dem Tod meines Gemahls niemals mehr ein Blick irgendeinem Manne gegolten. Das war für mich *endgültig* vorbei: Ich sage Ihnen das ausdrücklich und muß es Ihnen sagen, weil alles Spätere Ihnen sonst nicht in seiner ganzen Furchtbarkeit verständlich würde. Freilich, es wäre mir anderseits schwer, das Gefühl deutlich zu benennen, das mich damals so zwanghaft jenem Unglücklichen nachzog: es war Neugier darin, vor allem aber eine entsetzliche Angst oder besser gesagt Angst *vor* etwas Entsetzlichem, das ich unsichtbar von der ersten Sekunde an um diesen jungen Menschen wie eine Wolke gefühlt hatte. Aber solche Empfindungen kann man ja nicht zergliedern und zerlegen, vor allem schon darum nicht, weil sie zu zwanghaft, zu rasch, zu spontan durcheinanderschießen – wahrscheinlich tat ich nichts anderes als die durchaus instinktive Geste der Hilfeleistung, mit der man ein Kind zurückreißt, das auf der Straße in ein Automobil hineinrennen will. Oder läßt es sich vielleicht erklären, daß Menschen, die selbst nicht schwimmen können, von einer Brücke her einem Ertrinkenden nachspringen? Es zieht sie einfach magisch nach, ein Wille stößt sie hinab, ehe sie Zeit haben, sich schlüssig zu werden über die sinnlose Kühnheit ihres Unterfangens; und genau so, ohne zu denken, ohne bewußt wache Überlegung, bin ich damals jenem Unglücklichen aus dem Spielsaal zum Ausgang und vom Ausgang auf die Terrasse nachgegangen.

Und ich bin gewiß, weder Sie noch irgendein mit wachen Augen fühlender Mensch hätte sich dieser angstvollen Neugier entziehen können, denn ein unheimlicherer Anblick war nicht zu denken als jener junge Mann von höchstens vierundzwanzig Jahren, der mühsam wie ein Greis, schlenkernd wie ein Betrunkener, mit abgelösten, zerbrochenen Gelenken von der Treppe zur Straßenterrasse sich weiterschleppte. Dort fiel er plumpig wie ein Sack mit dem Körper auf eine Bank. Wieder spürte ich schaudernd an dieser Bewegung: dieser Mensch war zu Ende. So fällt nur ein

Toter hin oder einer, in dem kein Muskel mehr sich ans Leben hält. Der Kopf war, schief gelehnt, zurück über die Lehne gesunken, die Arme hingen schlaff und formlos zu Boden, im Halbdunkel der trübe flackernden Laternen hätte jeder Vorübergehende ihn für einen Erschossenen halten müssen. Und so – ich kann es nicht erklären, wieso diese Vision plötzlich in mir ward, aber plötzlich stand sie da, greifbar plastisch, schauervoll und entsetzlich wahr –, so, als Erschossenen, sah ich ihn vor mir in dieser Sekunde, und unweigerlich war in mir die Gewißheit, daß er einen Revolver in der Tasche trage und man morgen diese Gestalt auf dieser Bank oder irgendeiner andern hingestreckt finden würde, leblos und mit Blut überströmt. Denn sein Niederfallen war durchaus das eines Steines, der in eine Tiefe fällt und nicht früher haltmacht, ehe er seinen Abgrund erreicht hat: Nie habe ich einen ähnlichen Ausdruck von Müdigkeit und Verzweiflung in körperlicher Geste ausgedrückt gesehen.
Und nun denken Sie sich meine Situation: ich stand zwanzig oder dreißig Schritte hinter jener Bank mit dem reglosen, zusammengebrochenen Menschen, ahnungslos, was beginnen, vorgetrieben einerseits vom Willen, zu helfen, zurückgedrängt von der anerzogenen, angeerbten Scheu, einen fremden Mann auf der Straße anzusprechen. Die Gaslaternen flackerten trüb in den umwölkten Himmel, ganz selten nur hastete eine Gestalt vorbei, denn es war nahe an Mitternacht und ich fast ganz allein im Park mit dieser selbstmörderischen Gestalt. Fünfmal, zehnmal hatte ich mich schon

zusammengerafft und war auf ihn zugegangen, immer riß mich Scham zurück oder vielleicht jener Instinkt tieferer Ahnung, daß Stürzende gern den Helfenden mit sich reißen – und mitten in diesem Hin und Wider fühlte ich selbst deutlich das Sinnlose, das Lächerliche der Situation. Dennoch vermochte ich weder zu sprechen noch wegzugehen, weder etwas zu tun noch ihn zu verlassen. Und ich hoffe, Sie glauben mir, wenn ich Ihnen sage, daß ich vielleicht eine Stunde lang, eine unendliche Stunde, während tausend und tausend kleine Wellenschläge des unsichtbaren Meeres die Zeit zerrissen, auf dieser Terrasse unschlüssig umherwanderte; so sehr erschütterte und hielt mich dies Bild der vollkommenen Zernichtung eines Menschen.

Aber doch, ich fand nicht den Mut eines Worts, einer Tat, und ich hätte die halbe Nacht noch so wartend gestanden, oder vielleicht hätte mich schließlich klügere Selbstsucht bewogen, nach Hause zu gehen, ja ich glaube sogar, daß ich bereits entschlossen war, dieses Bündel Elend in seiner Ohnmacht liegen zu lassen – aber da entschied ein Übermächtiges gegen meine Unentschlossenheit. Es begann nämlich zu regnen. Den ganzen Abend schon hatte der Wind über dem Meer schwere, dampfende Frühlingswolken zusammengeschoben, man spürte mit der Lunge, mit dem Herzen, daß der Himmel ganz tief herabdrückte – plötzlich begann ein Tropfen niederzuklatschen, und schon prasselte in schweren, nassen, vom Wind gejagten Strähnen ein massiger Regen herab. Unwillkürlich flüchtete ich unter den Vorsprung eines Kioskes, und

obwohl ich den Schirm aufspannte, schütteten die noch springenden Böen nasse Büschel Wassers an mein Kleid. Bis hinauf ins Gesicht und die Hände spürte ich sprühend den kalten Staub der am Boden knallend zerklatschenden Tropfen.
Aber – und das war ein so entsetzlicher Anblick, daß mir heute noch, nach zwei Jahrzehnten, die Erinnerung die Kehle klemmt – in diesem stürzenden Wolkenbruch blieb der Unglücksrabe reglos auf seiner Bank sitzen und rührte sich nicht. Von allen Traufen triefte und gluckerte das Wasser, aus der Stadt her hörte man Wagen donnern, rechts und links flüchteten Gestalten mit aufgestülpten Mänteln; was Leben in sich hatte, alles duckte sich scheu, flüchtete, floh, suchte Unterschlupf, überall bei Mensch und Tier spürte man die Angst vor dem stürzenden Element – nur dieses schwarze Knäuel Mensch dort auf der Bank rührte und regte sich nicht. Ich sagte Ihnen schon früher, daß es diesem Menschen magisch gegeben war, jedes seiner Gefühle durch Bewegung und Geste plastisch zu machen; aber nichts, nichts auf Erden konnte Verzweiflung, vollkommene Selbstaufgabe, lebendiges Gestorbensein dermaßen erschütternd ausdrücken, als diese Unbeweglichkeit, dieses reglose, fühllose Dasitzen im prasselnden Regen, dieses Zumüdesein, um sich aufzuheben und die paar Schritte zu gehen bis zum schützenden Dach, diese letzte Gleichgültigkeit gegen das eigene Sein. Kein Bildhauer, kein Dichter, nicht Michelangelo und Dante hat mir jemals die Geste der letzten Verzweiflung, das letzte Elend der Erde so

hinreißend fühlsam gemacht wie dieser lebendige Mensch, der sich überschütten ließ vom Element, schon zu lässig, zu müde, durch eine einzige Bewegung sich zu schützen.

Das riß mich weg, ich konnte nicht anders. Mit einem Ruck durchlief ich die nasse Spießrutenreihe des Regens und rüttelte das triefende Bündel Mensch von der Bank. ›Kommen Sie!‹ Ich packte seinen Arm. Irgend etwas starrte mühsam empor. Irgendeine Bewegung schien langsam aus ihm wachsen zu wollen, aber er verstand nicht. ›Kommen Sie!‹ zerrte ich nochmals den nassen Ärmel, nun schon beinahe zornig. Da stand er langsam auf, willenlos und schwankend. ›Was wollen Sie?‹ fragte er, und ich hatte darauf keine Antwort, denn ich wußte selbst nicht, wohin mit ihm: Nur weg aus dem kalten Guß, aus diesem sinnlosen, selbstmörderischen Dasitzen äußerster Verzweiflung. Ich ließ den Arm nicht los, sondern zog den ganz Willenlosen weiter, bis hin zu dem Verkaufskiosk, wo das schmale vorspringende Dach ihn wenigstens einigermaßen vor dem wütigen Überfall des vom Wind wild geschwenkten Elements schützte. Weiter wußte ich nichts, wollte ich nichts. Nur ins Trockene, nur unter ein Dach diesen Menschen ziehen: weiter hatte ich zunächst nicht gedacht.

Und so standen wir beide nebeneinander in dem schmalen Streifen Trockenheit, hinter uns die verschlossene Wand der Verkaufsbude, über uns einzig das zu kleine Schutzdach, unter dem heimtückisch durchgreifend der unersättliche Regen uns mit plötzlichen Böen immer wieder lose Fetzen nasser Kälte über die Kleider und ins Gesicht schlug. Die Situation wurde unerträglich. Ich konnte doch nicht länger stehenbleiben neben diesem triefenden fremden Menschen. Und anderseits, ich konnte ihn, nachdem ich ihn hierhergezogen, nicht ohne ein Wort einfach stehenlassen. Irgend etwas mußte geschehen; allmählich zwang ich mich zu geradem klaren Denken. Am besten, dachte ich, ihn in einem Wagen nach Hause bringen und dann selbst nach Hause: morgen wird er schon für sich Hilfe wissen. Und so fragte ich den reglos neben mir Stehenden, der starr hinaus in die jagende Nacht blickte: ›Wo wohnen Sie?‹

›Ich habe keine Wohnung ... ich bin erst abends von Nizza gekommen ... zu mir kann man nicht gehen.‹

Den letzten Satz verstand ich nicht gleich. Erst später wurde mir klar, daß dieser Mensch mich für ... für eine Kokotte hielt, für eines der Weiber, wie sie nachts hier massenhaft um das Kasino streichen, weil sie hoffen, glücklichen Spielern oder Betrunkenen noch etwas Geld abzujagen. Schließlich, was sollte er anderes auch denken, denn erst jetzt, da ich es Ihnen wiedererzähle, spüre ich das ganz Unwahrscheinliche, ja Phantastische meiner Situation – was sollte er anderes von mir meinen, war doch die Art, wie ich ihn von der Bank weggezogen und selbstverständlich mitgeschleppt, wahrhaftig nicht die einer Dame. Aber dieser Gedanke kam mir nicht gleich. Erst später, zu spät schon dämmerte mir das grauenvolle Mißverständnis auf, in dem er sich über meine Person befand. Denn sonst hätte ich niemals die nächsten Worte gesprochen, die seinen Irrtum nur bestärken mußten. Ich sagte nämlich: ›So wird man eben ein Zimmer in einem Hotel nehmen. Hier dürfen Sie nicht bleiben. Sie müssen jetzt irgendwo unterkommen.‹

Aber sofort wurde ich jetzt seines peinlichen Irrtums gewahr, denn er wandte sich gar nicht mir zu und wehrte nur mit einem gewissen höhnischen Ausdruck ab: ›Nein, ich brauche kein Zimmer, ich brauche gar nichts mehr. Gib dir keine Mühe, aus mir ist nichts zu holen. Du hast dich an den Unrichtigen gewandt, ich habe kein Geld.‹

Das war wieder so furchtbar gesagt, mit einer so erschütternden Gleichgültigkeit; und sein Dastehen, dies schlaffe An-der-Wand-Lehnen eines triefenden, nassen, von innen her erschöpften Menschen erschütterte mich derart, daß ich gar nicht Zeit hatte für ein kleines, dummes Beleidigtsein. Ich empfand nur, was ich vom ersten Augenblick an, da ich ihn aus dem Saal taumeln sah, und während dieser unwahrscheinlichen Stunde ununterbrochen empfunden: Daß hier ein Mensch, ein junger, lebendiger, atmender Mensch, knapp vor dem Tode stände und ich ihn retten *mußte.* Ich trat näher.

›Kümmern Sie sich nicht um Geld und kommen Sie! Hier dürfen Sie nicht bleiben, ich werde Sie schon unterbringen. Kümmern Sie sich um gar nichts, kommen Sie nur jetzt!‹

Er wandte den Kopf, ich spürte, wie er, indes der Regen dumpf um uns trommelte und die Traufe

klatschendes Wasser zu unseren Füßen hinwarf, wie er da mitten im Dunkel zum erstenmal sich bemühte, mein Gesicht zu sehen. Auch der Körper schien langsam aus seiner Lethargie zu erwachen.
›Nun, wie du willst‹, sagte er nachgebend. ›Mir ist alles einerlei... Schließlich warum nicht? Gehen wir.‹ Ich spannte den Schirm auf, er trat an meine Seite und faßte mich unter dem Arm. Diese plötzliche Vertraulichkeit war mir unangenehm, ja sie entsetzte mich, ich erschrak bis hinab in das Unterste meines Herzens. Aber ich hatte nicht den Mut, ihm etwas zu verbieten; denn stieß ich ihn jetzt zurück, so fiel er ins Bodenlose, und alles war vergeblich, was ich bisher versucht. Wir gingen die wenigen Schritte gegen das Kasino zurück. Jetzt fiel mir erst ein, daß ich nicht wußte, was mit ihm anfangen. Am besten, überlegte ich rasch, ihn zu einem Hotel führen, ihm dort Geld in die Hand drücken, daß er übernachten und morgen heimreisen kann: weiter dachte ich nicht. Und wie jetzt die Wagen hastig vor das Kasino vorfuhren, rief ich einen an, wir stiegen ein. Als der Kutscher fragte, wohin, wußte ich zunächst keine Antwort. Aber mich plötzlich erinnernd, daß der gänzlich durchnäßte, triefende Mensch neben mir in keinem der guten Hotels Aufnahme finden könnte – anderseits aber auch als wahrhaft unerfahrene Frau an ein Zweideutiges gar nicht denkend, rief ich dem Kutscher nur zu: ›In irgendein einfaches Hotel!‹
Der Kutscher, gleichmütig, regenübergossen, trieb die Pferde an. Der fremde Mensch neben mir sprach kein Wort, die Räder rasselten, und der Regen klatschte in

wuchtigem Niederschlag gegen die Scheiben: mir war in diesem dunklen, lichtlosen, sarghaften Viereck zumute, als ob ich mit einer Leiche führe. Ich versuchte nachzudenken, irgendein Wort zu finden, um das Sonderbare und Grauenvolle dieses stummen Beisammenseins abzuschwächen, aber mir fiel nichts ein. Nach einigen Minuten hielt der Wagen, ich stieg zuerst aus, entlohnte den Kutscher, indes jener gleichsam schlaftrunken den Schlag zuklinkte. Wir standen jetzt vor der Tür eines kleinen, fremden Hotels, über uns wölbte ein gläsernes Vordach sein winziges Stück geschützten Raumes gegen den Regen, der ringsum mit gräßlicher Monotonie die undurchdringliche Nacht zerfranste.

Der fremde Mensch, seiner Schwere nachgebend, hatte sich unwillkürlich an die Wand gelehnt, es tropfte und triefte von seinem nassen Hut, seinen zerdrückten Kleidern. Wie ein Ertrunkener, den man aus dem Fluß geholt mit noch benommenen Sinnen, so stand er da, und um den kleinen Fleck, wo er lehnte, bildete sich ein Rinnsal von niederrieselndem Wasser. Aber er machte nicht die geringste Anstrengung, sich abzuschütteln, den Hut wegzuschwenken, von dem Tropfen immer wieder über Stirn und Gesicht niederliefen. Er stand vollkommen teilnahmslos, und ich kann Ihnen nicht sagen, wie diese Zerbrochenheit mich erschütterte.

Aber jetzt mußte etwas geschehen. Ich griff in meine Tasche: ›Da haben Sie hundert Franken‹, sagte ich, ›nehmen Sie sich damit ein Zimmer und fahren Sie morgen nach Nizza zurück.‹

Er sah erstaunt auf.
›Ich habe Sie im Spielsaale beobachtet‹, drängte ich, sein Zögern bemerkend. ›Ich weiß, daß Sie alles verloren haben, und fürchte, Sie sind auf dem besten Wege, eine Dummheit zu machen. Es ist keine Schande, sich helfen zu lassen ... Da, nehmen Sie!‹
Aber er schob meine Hand zurück mit einer Energie, die ich ihm nicht zugetraut hätte. ›Du bist ein guter Kerl‹, sagte er, ›aber vertu dein Geld nicht. Mir ist nicht mehr zu helfen. Ob ich diese Nacht noch schlafe oder nicht, ist vollkommen gleichgültig. Morgen ist ohnehin alles zu Ende. Mir ist nicht zu helfen.‹
›Nein, Sie müssen es nehmen‹, drängte ich, ›morgen werden Sie anders denken. Gehen Sie jetzt erst einmal hinauf, überschlafen Sie alles. Bei Tag haben die Dinge ein anderes Gesicht.‹
Doch er stieß, da ich ihm neuerdings das Geld aufdrängte, beinahe heftig meine Hand weg. ›Laß das‹, wiederholte er nochmals dumpf, ›es hat keinen Sinn. Besser, ich tue das draußen ab, als den Leuten hier ihr Zimmer mit Blut schmutzig zu machen. Mir ist mit hundert Franken nicht zu helfen und mit tausend auch nicht. Ich würde doch morgen wieder mit den letzten paar Franken in den Spielsaal gehen und nicht früher aufhören, als bis alles weg ist. Wozu nochmals anfangen, ich habe genug.‹
Sie können nicht ermessen, wie mir dieser dumpfe Ton bis in die Seele drang; aber denken Sie sich das aus: zwei Zoll von Ihnen steht ein junger, heller, lebendiger, atmender Mensch, und man weiß, wenn man nicht alle

Kräfte aufrafft, wird dieses denkende, sprechende, atmende Stück Jugend in zwei Stunden eine Leiche sein. Und nun wurde es für mich gleichsam eine Wut, ein Zorn, diesen sinnlosen Widerstand zu besiegen. Ich packte seinen Arm: ›Schluß mit diesen Dummheiten! Sie werden jetzt hinaufgehen und sich ein Zimmer nehmen, und morgen früh komme ich und schaffe Sie an die Bahn. Sie müssen fort von hier, Sie müssen noch morgen nach Hause fahren, und ich werde nicht früher rasten, ehe ich Sie nicht selbst mit der Fahrkarte im Zuge sehe. Man wirft sein Leben nicht weg, wenn man jung ist, nur weil man gerade ein paar hundert oder tausend Franken verloren hat. Das ist Feigheit, eine dumme Hysterie von Zorn und Erbitterung. Morgen werden Sie mir selbst recht geben!‹

›Morgen!‹ wiederholte er mit sonderbar düsterer und ironischer Betonung. ›Morgen! Wenn du wüßtest, wo ich morgen bin! Wenn ich selbst es wüßte, ich bin eigentlich schon ein wenig neugierig darauf. Nein, geh nach Hause, mein Kind, gib dir keine Mühe und vertu nicht dein Geld.‹

Aber ich ließ nicht mehr nach. Es war wie eine Manie, wie eine Raserei in mir. Gewaltsam packte ich seine Hand und preßte die Banknote hinein. ›Sie werden das Geld nehmen und sofort hinaufgehen!‹ und dabei trat ich entschlossen zur Klingel und läutete an. ›So, jetzt habe ich angeläutet, der Portier wird gleich kommen, Sie gehen hinauf und legen sich nieder. Morgen neun Uhr warte ich dann vor dem Haus und bringe Sie sofort an die Bahn. Machen Sie sich keine Sorge um alles Weitere, ich werde schon das Nötige veranlassen, daß Sie bis nach Hause kommen. Aber jetzt legen Sie sich nieder, schlafen Sie sich aus und denken Sie nicht weiter!‹

In diesem Augenblick knackte der Schlüssel an der Tür von innen her, der Portier öffnete.

›Komm!‹ sagte er da plötzlich mit einer harten, festen erbitterten Stimme, und eisern fühlte ich mein Handgelenk von seinen Fingern umspannt. Ich erschrak ... ich erschrak so durch und durch, so gelähmt, so blitzhaft getroffen, daß mir alle Besinnung schwand ... Ich wollte mich wehren, mich losreißen ... aber mein Wille war wie gelähmt ... und ich ... Sie werden es verstehen ... ich ... ich schämte mich, vor dem Portier, der da wartend und ungeduldig stand, mit einem fremden Menschen zu ringen. Und so ... so stand ich mit einem Male innen im Hotel; ich wollte sprechen, etwas sagen, aber die Kehle stockte mir ... an meinem Arm lag schwer und gebietend seine Hand ... ich spürte dumpf, wie sie mich unbewußt eine Treppe hinaufzog ... ein Schlüssel knackte ... Und plötzlich war ich mit diesem fremden Menschen allein in einem fremden Zimmer, in irgendeinem Hotel, dessen Namen ich heute noch nicht weiß.«

Mrs. C. hielt wieder inne und stand plötzlich auf. Die Stimme schien ihr nicht mehr zu gehorchen. Sie ging zum Fenster, sah stumm einige Minuten hinaus oder lehnte vielleicht nur die Stirn an die kalte Scheibe: ich hatte nicht den Mut, genau hinzusehen, denn es war mir peinlich, die alte Dame in ihrer Erregung zu beobachten. So saß ich still, ohne Frage, ohne Laut, und wartete, bis sie wieder mit gebändigtem Schritt zurückkam und sich mir gegenübersetzte.

»So – jetzt ist das Schwerste gesagt. Und ich hoffe, Sie glauben mir, wenn ich Ihnen nun nochmals versichere, wenn ich bei allem, was mir heilig ist, bei meiner Ehre und bei meinen Kindern, schwöre, daß mir bis zu jener Sekunde kein Gedanke an eine ... eine Verbindung mit diesem fremden Menschen in den Sinn gekommen war, daß ich wirklich ohne jeden wachen Willen, ja ganz ohne Bewußtsein wie durch eine Falltür vom ebenen Weg meiner Existenz plötzlich in diese Situation gestürzt war. Ich habe mir geschworen, zu Ihnen und zu mir wahr zu sein, so wiederhole ich Ihnen nochmals, daß ich nur durch einen fast überreizten Willen zur Hilfe durch kein anderes, kein persönliches Gefühl, also ganz ohne jeden Wunsch, ohne jede Ahnung in dieses tragische Abenteuer geriet.

Was in jenem Zimmer, was in jener Nacht geschah, ersparen Sie mir zu erzählen; ich selbst habe keine Sekunde dieser Nacht vergessen und will sie auch niemals vergessen. Denn in jener Nacht rang ich mit einem Menschen um sein Leben, denn ich wiederhole: um Leben und Sterben ging dieser Kampf. Zu unverkennbar spürte ichs mit jedem Nerv, daß dieser fremde Mensch, dieser halb schon Verlorene bereits mit aller Gier und Leidenschaft eines tödlich Bedrohten noch um das Letzte griff. Er klammerte sich an mich wie einer, der bereits den Abgrund unter sich fühlt. Ich aber

raffte alles aus mir auf, um ihn zu retten mit allem, was mir gegeben war. Solche Stunde erlebt vielleicht ein Mensch nur einmal in seinem Leben, und von Millionen wieder nur einer – auch ich hätte nie geahnt ohne diesen fürchterlichen Zufall, wie glühend, wie verzweifelnd, mit welcher unbändigen Gier sich ein aufgegebener, ein verlorener Mensch noch einmal an jeden roten Tropfen Leben ansaugt, ich hätte, zwanzig Jahre lang fern von allen dämonischen Mächten des Daseins, nie begriffen, wie großartig und phantastisch die Natur manchmal ihr Heiß und Kalt, Tod und Leben, Entzückung und Verzweiflung in ein paar knappe Atemzüge zusammendrängt. Und diese Nacht war so angefüllt mit Kampf und Gespräch, mit Leidenschaft und Zorn und Haß, mit Tränen der Beschwörung und der Trunkenheit, daß sie mir tausend Jahre zu dauern schien und wir zwei Menschen, die verschlungen ihren Abgrund hinabtaumelten, todeswütig der eine, ahnungslos der andere, anders hervorgingen aus diesem tödlichen Tumult, anders, vollkommen verwandelt, mit andern Sinnen, anderem Gefühl.
Aber ich will davon nicht sprechen. Ich kann und will das nicht schildern. Nur diese eine unerhörte Minute meines Erwachens am Morgen muß ich Ihnen doch andeuten. Ich erwachte aus einem bleiernen Schlaf, aus einer Tiefe der Nacht, wie ich sie nie gekannt. Ich brauchte lange, ehe ich die Augen aufschlug, und das erste, was ich sah, war über mir eine fremde Zimmerdecke, und weiter tastend dann ein ganz fremder, unbekannter, häßlicher Raum, von dem ich nicht

wußte, wie ich hineingeraten. Zuerst beredete ich mich, noch Traum sei dies, ein hellerer, durchsichtigerer Traum, in den ich aus jenem ganz dumpfen und verworrenen Schlaf emporgetaucht sei – aber vor den Fenstern stand schon schneidend klares, unverkennbar wirkliches Sonnenlicht, Morgenlicht, von unten her dröhnte die Straße mit Wagengerassel, Tramwayklingeln und Menschenlaut – und nun wußte ich, daß ich nicht mehr träume, sondern wach sei. Unwillkürlich richtete ich mich auf, um mich zu besinnen, und da ... wie ich den Blick seitwärts wandte ... da sah ich – und nie werde ich Ihnen meinen Schrecken schildern können – einen fremden Menschen im breiten Bette neben mir schlafen ... aber fremd, fremd, fremd, ein halbnackter, unbekannter Mensch ... Nein, dieses Entsetzen, ich weiß es, beschreibt sich nicht: es fiel so furchtbar über mich, daß ich zurücksank ohne Kraft. Aber es war nicht gute Ohnmacht, kein Nichtmehrwissen, im Gegenteil: mit blitzhafter Geschwindigkeit war mir alles ebenso bewußt wie unerklärbar, und ich hatte nur den einen Wunsch, zu sterben vor Ekel und Scham, mich plötzlich mit einem wildfremden Menschen in dem fremden Bett einer wohl verdächtigen Spelunke zu finden. Ich weiß noch deutlich, mein Herzschlag setzte aus, ich hielt den Atem an, als könnte ich mein Leben damit und vor allem das Bewußtsein auslöschen, dieses klare, grauenhaft klare Bewußtsein, das alles begriff und doch nichts verstand.
Ich werde niemals wissen, wie lange ich dann so gelegen habe, eiskalt an allen Gliedern: Tote müssen

ähnlich starr im Sarge liegen. Ich weiß nur, ich hatte die Augen geschlossen und betete zu Gott, zu irgendeiner Macht des Himmels, es möge nicht wahr, es möge nicht wirklich sein. Aber meine geschärften Sinne erlaubten nun keinen Betrug mehr, ich hörte im Nachbarzimmer Menschen sprechen, Wasser rauschen, außen schlurften Schritte im Gang, und jedes dieser Zeichen bezeugte unerbittlich das grausam Wache meiner Sinne.

Wie lange dieser gräßliche Zustand gedauert hat, vermag ich nicht zu sagen: solche Sekunden haben andere Zeiten als die gemessenen des Lebens. Aber plötzlich überfiel mich eine andere Angst, die jagende, grauenhafte Angst: dieser fremde Mensch, dessen Namen ich gar nicht kannte, möchte jetzt aufwachen und zu mir sprechen. Und sofort wußte ich, daß es für mich nur eines gäbe: mich anziehen, flüchten, ehe er erwachte. Nicht mehr von ihm gesehen werden, nicht mehr zu ihm sprechen. Sich rechtzeitig retten, fort, fort, fort, zurück in irgendein eigenes Leben, in mein Hotel, und gleich mit dem nächsten Zuge fort von diesem verruchten Ort, aus diesem Land, ihm nie mehr begegnen, nie mehr ins Auge sehen, keinen Zeugen haben, keinen Ankläger und Mitwisser. Der Gedanke riß die Ohnmacht in mir auf: ganz vorsichtig, mit den schleicherischen Bewegungen eines Diebes rückte ich Zoll um Zoll (nur um keinen Lärm zu machen) aus dem Bette und tastete zu meinen Kleidern. Ganz vorsichtig zog ich mich an, jede Sekunde zitternd vor seinem Erwachen, und schon war ich fertig, schon war es gelungen.

Nur mein Hut lag drüben auf der anderen Seite zu Füßen des Bettes, und jetzt, wie ich auf den Zehen hintastete, ihn aufzuheben – in dieser Sekunde *konnte* ich nicht anders: ich mußte noch einen Blick auf das Gesicht dieses fremden Menschen werfen, der in mein Leben wie ein Stein vom Gesims gestürzt war. Nur einen bloßen Blick wollte ich hinwerfen, aber... es war sonderbar, denn der fremde, junge Mann, der dort schlummernd lag – war *wirklich* ein fremder Mensch für mich: im ersten Augenblick erkannte ich gar nicht das Gesicht von gestern. Denn wie weggelöscht waren die von Leidenschaft vorgetriebenen, krampfig aufgewühlten, gespannten Züge des tödlich Aufgeregten – dieser da hatte ein anderes, ein ganz kindliches, ganz knabenhaftes Gesicht, das geradezu *strahlte* von Reinheit und Heiterkeit. Die Lippen, gestern verbissen und zwischen die Zähne geklemmt, träumten weich auseinandergefallen, und halb schon zu einem Lächeln gerundet; weich lockten sich die blonden Haare die faltenlose Stirn herab, und linden Wellenspiels ging ruhig der Atem von der Brust über den ruhenden Körper hin.

Sie können sich vielleicht entsinnen, daß ich Ihnen früher erzählte, ich hätte noch nie so stark, in einem so verbrecherisch starken Unmaß den Ausdruck von Gier und Leidenschaft an einem Menschen beobachtet wie bei diesem Fremden am Spieltisch. Und ich sage Ihnen, daß ich nie, selbst bei Kindern nicht, die doch im Säuglingsschlaf manchmal einen engelhaften Schimmer von Heiterkeit um sich haben, jemals einen solchen Ausdruck von reiner Helligkeit, von wahrhaft *seligem* Schlummer gesehen habe. In diesem Gesicht formten sich eben mit einziger Plastik alle Gefühle heraus, nun ein paradiesisches Entspanntsein von aller innerlichen Schwere, ein Gelöstsein, ein Gerettetsein. Bei diesem überraschenden Anblick fiel wie ein schwerer, schwarzer Mantel von mir alle Angst, alles Grauen ab – ich schämte mich nicht mehr, nein, ich war beinahe froh. Das Furchtbare, das Unfaßbare hatte plötzlich für mich Sinn bekommen, ich *freute* mich, ich war *stolz* bei dem Gedanken, daß dieser junge, zarte, schöne Mensch, der hier heiter und still wie eine Blume lag, ohne meine Hingabe zerschellt, blutig, mit einem zerschmetterten Gesicht, leblos, mit kraß aufgerissenen Augen irgendwo an einem Felsenhang aufgefunden worden wäre: ich hatte ihn gerettet, er war gerettet. Und ich sah nun – ich kann es nicht anders sagen – mit meinem *mütterlichen* Blick auf diesen Schlafenden hin, den ich noch einmal – schmerzvoller als meine eigenen Kinder – in das Leben zurückgeboren hatte. Und mitten in diesem verbrauchten, abgeschmutzten Zimmer, in diesem ekligen, schmierigen Gelegenheitshotel, überkam mich – mögen Sie es noch so lächerlich im Worte finden – ein Gefühl wie in einer Kirche, ein Beseligtsein von Wunder und Heiligung. Aus der furchtbarsten Sekunde eines ganzen Lebens wuchs mir schwesterhaft eine zweite, die erstaunlichste und überwältigendste zu.

Hatte ich mich zu laut bewegt? Hatte ich unwillkürlich etwas gesprochen? Ich weiß es nicht. Aber plötzlich

schlug der Schlafende die Augen auf. Ich erschrak und fuhr zurück. Er sah erstaunt um sich – genau so wie früher ich selbst, so schien nun er aus ungeheurer Tiefe und Verworrenheit mühselig emporzusteigen. Sein Blick umwanderte angestrengt das fremde, unbekannte Zimmer, dann fiel er staunend auf mich. Aber ehe er noch sprach oder sich ganz besinnen konnte, hatte ich mich gefaßt. Nicht ihn zu Wort kommen lassen, keine Frage, keine Vertraulichkeit gestatten, es durfte nichts erneuert werden, nichts erläutert, nichts besprochen werden von gestern und von dieser Nacht.
›Ich muß jetzt weggehen‹, bedeutete ich ihm rasch, ›Sie bleiben hier zurück und ziehen sich an. Um zwölf Uhr treffe ich Sie dann am Eingang des Kasinos: dort werde ich für alles Weitere sorgen.‹
Und ehe er ein Wort entgegnen konnte, flüchtete ich hinaus, nur um das Zimmer nicht mehr zu sehen, und lief ohne mich umzuwenden, aus dem Hause, dessen Namen ich ebensowenig wußte wie jenen des fremden Mannes, mit dem ich darin eine Nacht verbracht.«

Einen Atemzug lang unterbrach Mrs. C. ihre Erzählung. Aber alles Gespannte und Gequälte war weg aus ihrer Stimme: wie ein Wagen, der schwer den Berg sich hinaufgemüht, dann aber von erreichter Höhe leicht rollend und geschwind die Senke herabrollt, so flügelte jetzt in entlasteter Rede ihr Bericht:
»Also: Ich eilte in mein Hotel durch die morgendlich erhellten Straßen, denen der Wettersturz alles Dumpfe vom Himmel so weggerissen, wie mir jetzt das qual-

hafte Gefühl. Denn vergessen Sie nicht, was ich Ihnen früher sagte: Ich hatte nach dem Tode meines Mannes mein Leben vollkommen aufgegeben. Meine Kinder brauchten mich nicht, ich selber wollte mich nicht, und alles Leben ist Irrtum, das nicht zu einem bestimmten Zweck lebt. Nun war mir zum erstenmal unvermutet eine Aufgabe zugefallen: Ich hatte einen Menschen gerettet, ihn aus seiner Vernichtung aufgerissen mit allem Aufgebot meiner Kräfte. Nur ein Kurzes war noch zu überwinden, und diese Aufgabe mußte zu Ende getan sein. Ich lief also in mein Hotel: der erstaunte Blick des Portiers, daß ich erst jetzt um neun Uhr morgens nach Hause kam, glitt an mir ab – nichts mehr von Scham und Ärger über das Geschehnis drückte auf meine Sinne, sondern ein plötzliches Wiederaufgetansein meines Lebenswillens, ein unvermutet neues Gefühl von der Notwendigkeit meines Daseins durchblutete warm die erfüllten Adern. In meinem Zimmer kleidete ich mich rasch um, legte unbewußt (ich habe es erst später bemerkt) das Trauerkleid ab, um es mit einem helleren zu vertauschen, ging in die Bank, mir Geld zu beheben, hastete zum Bahnhof, mich nach der Abfahrt der Züge zu erkundigen; mit einer mir selber erstaunlichen Entschlossenheit bewältigte ich noch außerdem ein paar andere Besorgungen und Verabredungen. Nun war nichts mehr zu tun, als mit dem mir vom Schicksal zugeworfenen Menschen die Abreise und endgültige Rettung zu erledigen.

Freilich, dies erforderte Kraft, ihm nun persönlich gegenüberzutreten. Denn alles Gestrige war im Dunkel geschehen, in einem Wirbel, wie wenn zwei Steine, von einem Sturzbach gerissen, plötzlich zusammengeschlagen werden; wir kannten einander kaum von Angesicht zu Angesicht, ja ich war nicht einmal gewiß, ob jener Fremde mich überhaupt noch erkennen würde. Gestern – das war ein Zufall, ein Rausch, eine Besessenheit zweier verwirrter Menschen gewesen, heute aber tat es not, mich ihm offener preiszugeben als gestern, weil ich jetzt im unbarmherzig klaren Tageslicht mit meiner Person, mit meinem Gesicht, als lebendiger Mensch ihm gegenübertreten mußte.

Aber alles ergab sich leichter, als ich dachte. Kaum hatte ich zu vereinbarter Stunde mich dem Kasino genähert, als ein junger Mensch von einer Bank aufsprang und mir entgegeneilte. Es war etwas dermaßen Spontanes, etwas so Kindliches, Absichtsloses und Beglücktes in seinem Überraschtsein, wie in jeder seiner sprachmächtigen Bewegungen: er flog nur so her, den Strahl dankbarer und gleichzeitig ehrerbietiger Freude in den Augen, und schon senkten sie sich demütig, sobald sie die meinen vor seiner Gegenwart sich verwirren fühlten. Dankbarkeit, man spürt sie ja so selten bei Menschen, und gerade die Dankbarsten finden nicht den Ausdruck dafür, sie schweigen verwirrt, sie schämen sich und tun manchmal stockig, um ihr Gefühl zu verbergen. Hier aber in diesem Menschen, dem Gott wie ein geheimnisvoller Bildhauer alle Gesten der Gefühle sinnlich, schön und plastisch herauszwang, glühte auch die Geste der Dankbarkeit wie eine Leidenschaft strahlend durch den Kern des

Körpers. Er beugte sich über meine Hand, und die schmale Linie seines Knabenkopfes devot niedergesenkt, verharrte er so eine Minute in respektvollem, die Finger nur anstreifendem Kusse, dann erst trat er wieder zurück, fragte nach meinem Befinden, sah mich rührend an, und so viel Anstand war in jedem seiner Worte, daß in wenigen Minuten die letzte Beängstigung von mir schwand. Und gleichsam spiegelhaft für die eigene Erhellung des Gefühles, leuchtete ringsum die Landschaft völlig entzaubert: das Meer, das gestern zornig erregte, lag so unbewegt still und hell, daß jeder Kiesel unter der kleinen Brandung weiß bis zu uns herüberglänzte, das Kasino, dieser Höllenpfuhl, blickte maurisch blank in den ausgefegten, damastenen Himmel, und jener Kiosk, unter dessen Schutzdach uns gestern der plätschernde Regen gedrängt, war aufgebrochen zu einem Blumenladen: hingeschüttet lagen dort weiß, rot, grün und bunt in gesprenkeltem Durcheinander breite Büsche von Blüten und Blumen, die ein junges Mädchen in buntbrennender Bluse feilbot.

Ich lud ihn ein, zu Mittag in einem kleinen Restaurant zu speisen; dort erzählte mir der fremde, junge Mensch die Geschichte seines tragischen Abenteuers. Sie war ganz Bestätigung meiner ersten Ahnung, als ich seine zitternden, nervengeschüttelten Hände auf dem grünen Tisch gesehen. Er stammte aus einer alten Adelsfamilie des österreichischen Polens, war für die diplomatische Karriere bestimmt, hatte in Wien studiert und vor einem Monat das erste seiner Examina mit außerordentlichem Erfolge abgelegt. Um diesen Tag zu feiern, hatte ihn sein Onkel, ein höherer Offizier des Generalstabes, bei dem er wohnte, zur Belohnung mit einem Fiaker in den Prater geführt, und sie waren zusammen auf den Rennplatz gegangen. Der Onkel hatte Glück beim Spiel, gewann dreimal hintereinander: mit einem dicken Pack erbeuteter Banknoten soupierten sie dann in einem eleganten Restaurant. Am nächsten Tage nun empfing zur Belohnung für das erfolgreiche Examen der angehende Diplomat von seinem Vater einen Geldbetrag in der Höhe seines Monatsgeldes; zwei Tage vorher wäre ihm diese Summe noch groß erschienen, nun aber, nach der Leichtigkeit jenes Gewinnes, dünkte sie ihm gleichgültig und gering. So fuhr er gleich nach Tisch wieder zum Trabrennen, setzte wild und leidenschaftlich, und sein Glück oder vielmehr sein Unglück wollte, daß er mit dem Dreifachen jener Summe nach dem letzten Rennen den Prater verließ. Und nun war Raserei des Spieles bald beim Rennen, bald in Kaffeehäusern oder in Klubs über ihn gekommen, die ihm Zeit, Studium, Nerven und vor allem sein Geld aufzehrte. Er vermochte nicht mehr zu denken, nicht mehr ruhig zu schlafen und am wenigsten, sich zu beherrschen; einmal in der Nacht, nach Hause gekommen vom Klub, wo er alles verloren hatte, fand er beim Auskleiden noch eine vergessene Banknote zerknüllt in seiner Weste. Es hielt ihn nicht, er zog sich noch einmal an und irrte herum, bis er in irgendeinem Kaffeehause ein paar Dominospieler fand, mit denen er noch bis ins

Morgengrauen saß. Einmal half ihm seine verheiratete Schwester aus und zahlte die Schulden an Wucherer, die dem Erben eines großen Adelsnamens voll Bereitschaft kreditierten. Eine Zeitlang deckte ihn wieder das Spielglück – dann aber ging es unaufhaltsam abwärts, und je mehr er verlor, um so gieriger forderten ungedeckte Verpflichtungen und befristete Ehrenworte entscheidend erlösenden Gewinn. Längst hatte er schon seine Uhr, seine Kleider versetzt, und schließlich geschah das Entsetzliche: er stahl der alten Tante zwei große Boutons, die sie selten trug, aus dem Schrank. Den einen versetzte er um einen hohen Betrag, den das Spiel noch am selben Abend vervierfachte. Aber statt ihn nun auszulösen, wagte er das Ganze und verlor. Zur Stunde seiner Abreise war der Diebstahl noch nicht entdeckt, so versetzte er den zweiten Bouton und reiste, einer plötzlichen Eingebung folgend, in einem Zuge nach Monte Carlo, um sich im Roulette das erträumte Vermögen zu holen. Bereits hatte er hier seinen Koffer verkauft, seine Kleider, seinen Schirm, nichts war ihm geblieben als der Revolver mit vier Patronen und ein kleines, mit Edelsteinen besetztes Kreuz seiner Patin, der Fürstin X., von dem er sich nicht trennen wollte. Aber auch dieses Kreuz hatte er um fünfzig Franken nachmittags verkauft, nur um abends noch ein letztes Mal die zuckende Lust des Spiels auf Tod und Leben versuchen zu können.
Das alles erzählte er mir mit jener hinreißenden Anmut seines schöpferisch belebten Wesens. Und ich hörte zu, erschüttert, gepackt, erregt; aber nicht einen Augen-

blick kam mir der Gedanke, mich zu entrüsten, daß dieser Mensch an meinem Tisch doch eigentlich ein Dieb war. Hätte gestern jemand mir, einer Frau mit tadellos verbrachtem Leben, die in ihrer Gesellschaft strengste, konventionelle Würdigkeit forderte, auch nur angedeutet, ich würde mit einem wildfremden jungen Menschen, kaum älter als mein Sohn und der Perlenboutons gestohlen hatte, vertraulich beisammensitzen – ich hätte ihn für sinnberaubt gehalten. Aber nicht einen Augenblick lang empfand ich bei seiner Erzählung etwas wie Entsetzen, erzählte er doch all dies dermaßen natürlich und mit einer solchen Leidenschaft, daß seine Handlung eher als der Bericht eines Fiebers, einer Krankheit wirkte denn als ein Ärgernis. Und dann: wer selber gleich mir in der vergangenen Nacht etwas so kataraktisch Unerwartetes erfahren, dem hatte das Wort ›unmöglich‹ mit einem Male seinen Sinn verloren. Ich hatte eben in jenen zehn Stunden unfaßbar mehr an Wirklichkeitswissen erlebt als vordem in vierzig bürgerlich verbrachten Jahren.
Ein anderes aber erschreckte mich dennoch an jener Beichte, und das war der fiebrige Glanz in seinen Augen, der alle Nerven seines Gesichtes elektrisch zucken ließ, wenn er von seiner Spielleidenschaft erzählte. Noch die Wiedergabe regte ihn auf, und mit furchtbarer Deutlichkeit zeichnete sein plastisches Gesicht jede Spannung lusthaft und qualvoll nach. Unwillkürlich begannen seine Hände, diese wundervollen, schmalgelenkigen, nervösen Hände, genau wie

am Spieltisch, selbst wieder raubtierhafte, jagende und flüchtende Wesen zu werden: ich sah sie, indes er erzählte, plötzlich von den Gelenken herauf zittern, sich übermächtig krümmen und zusammenballen, dann wieder aufschnellen und neu sich ineinanderknäueln. Und wie er den Diebstahl der Boutons beichtete, da taten sie (ich zuckte unwillkürlich zusammen), blitzhaft vorspringend, den raschen, diebischen Griff: ich *sah* geradezu, wie die Finger toll auf den Schmuck lossprangen und ihn hastig einschluckten in die Höhlung der Faust. Und mit einem namenlosen Erschrekken erkannte ich, daß dieser Mensch vergiftet war von seiner Leidenschaft bis in den letzten Blutstropfen.

Nur das allein war es, was mich an seiner Erzählung so sehr erschütterte und entsetzte, diese erbärmliche Hörigkeit eines jungen, klaren, von eigentlicher Natur her sorglosen Menschen an eine irrwitzige Passion. So hielt ich es für meine erste Pflicht, meinem unvermuteten Schützling freundschaftlich zuzureden, er müsse sofort weg von Monte Carlo, wo die Versuchung am gefährlichsten sei, müsse noch heute zu seiner Familie zurück, ehe das Verschwinden der Boutons bemerkt und seine Zukunft für immer verschüttet sei. Ich versprach ihm Geld für die Reise und die Auslösung des Schmuckes, freilich nur unter der Bedingung, daß er noch heute abreise und mir bei seiner Ehre schwöre, nie mehr eine Karte anzurühren oder sonst Hasard zu spielen.

Nie werde ich vergessen, mit welcher erst demütigen, dann allmählich aufleuchtenden Leidenschaft der

Dankbarkeit dieser fremde, verlorene Mensch mir zuhörte, wie er meine Worte *trank*, als ich ihm Hilfe versprach; und plötzlich streckte er beide Hände über den Tisch, die meinen zu fassen mit einer mir unauslöschlichen Gebärde gleichsam der Anbetung und heiligen Gelobens. In seinen hellen, sonst ein wenig wirren Augen standen Tränen, der ganze Körper zitterte nervös vor beglückter Erregung. Wie oft habe ich schon versucht, Ihnen die einzige Ausdrucksfähigkeit seiner Gebärden zu schildern, aber *diese* Geste vermag ich nicht darzustellen, denn es war eine so ekstatische, überirdische Beseligung, wie sie ein menschliches Antlitz uns sonst kaum zuwendet, sondern jenem weißen Schatten nur war sie vergleichbar, wenn man erwachend aus einem Traum das entschwindende Antlitz eines Engels vor sich zu erblicken vermeint.

Warum es verschweigen: ich hielt diesem Blicke nicht stand. Dankbarkeit beglückt, weil man sie so selten sichtbar erlebt, Zartgefühl tut wohl, und mir, dem gemessenen, kühlen Menschen, bedeutete solcher Überschwang ein wohltuendes, ja beglückendes Neues. Und dann: gleichzeitig mit diesem erschütterten, zertretenen Menschen war auch die Landschaft nach dem gestrigen Regen magisch aufgewacht. Herrlich glänzte, als wir aus dem Restaurant traten, das völlig beruhigte Meer, blau bis in den Himmel hinein und nur weiß überschwebt von Möwen dort in anderem, höherem Blau. Sie kennen ja die Rivieralandschaft. Sie wirkt immer schön, aber doch flach wie eine Ansichtskarte hält sie ihre immer satten Farben dem

Auge gemächlich hin, eine schlafende, träge Schönheit, die sich gleichmütig von jedem Blicke betasten läßt, orientalisch fast in ihrer ewig üppigen Bereitschaft. Aber manchmal, ganz selten, gibt es hier Tage, da steht diese Schönheit auf, da bricht sie vor, da schreit sie einen gleichsam energisch an mit grellen, fanatisch funkelnden Farben, da schleudert sie einem ihre Blumenbuntheit sieghaft entgegen, da glüht, da brennt sie in Sinnlichkeit. Und ein solcher begeisterter Tag war auch damals aus dem stürmischen Chaos der Wetternacht vorgebrochen, weißgewaschen blinkte die Straße, türkisen der Himmel, und überall zündeten sich Büsche, farbige Fackeln, aus dem saftig durchfeuchteten Grün. Die Berge schienen plötzlich heller herangekommen in der entschwülten, vielsonnigen Luft: sie scharten sich neugierig näher an das blankpolierte glitzernde Städtchen, in jedem Blicke spürte man heraustretend das Fordernde und Aufmunternde der Natur und wie sie unwillkürlich das Herz an sich riß: ›Nehmen wir einen Wagen‹, sagte ich, ›und fahren wir die Corniche entlang.‹
Er nickte begeistert: zum erstenmal seit seiner Ankunft schien dieser junge Mensch die Landschaft überhaupt zu sehen und zu bemerken. Bisher hatte er nichts gekannt als den dumpfigen Kasinosaal mit seinem schwülen, schweißigen Geruch, dem Gedränge seiner häßlichen und verzerrten Menschen und ein unwirsches, graues, lärmendes Meer. Aber nun lag auseinandergefaltet der ungeheure Fächer des übersonnten Strandes vor uns, und das Auge taumelte beglückt von

Ferne zu Ferne. Wir fuhren im langsamen Wagen (es gab damals noch keine Automobile) den herrlichen Weg, vorbei an vielen Villen und Blicken: hundertmal, an jedem Haus, an jeder in Piniengrün verschatteten Villa kam es einen an als geheimster Wunsch: hier könnte man leben, still, zufrieden, abseits von der Welt!

Bin ich jemals im Leben glücklicher gewesen als in jener Stunde? Ich weiß es nicht. Neben mir im Wagen saß dieser junge Mensch, gestern noch verkrallt in Tod und Verhängnis, und nun staunend vom weißen Sturz der Sonne übersprüht: ganze Jahre schienen von ihm gleichsam weggeglitten. Er schien ganz Knabe geworden, ein schönes, spielendes Kind mit übermütigen und gleichzeitig ehrfurchtsvollen Augen, an dem nichts mich mehr entzückte als sein wachsinniges Zartgefühl: Klomm der Wagen zu steil aufwärts und hatten die Pferde Mühe, so sprang er gelenkig ab, von rückwärts nachzuschieben. Nannte ich eine Blume oder deutete ich auf eine am Wege, so eilte er, sie abzupflücken. Eine kleine Kröte, die, vom gestrigen Regen verlockt, mühselig auf dem Wege kroch, hob er auf und trug sie sorgsam ins grüne Gras, damit sie nicht vom nachfahrenden Wagen zerdrückt werde; und zwischendurch erzählte er übermütig die lachendsten, anmutigsten Dinge: ich glaube, in diesem Lachen war eine Art Rettung für ihn, denn sonst hätte er singen müssen oder springen oder Tolles tun, so beglückt, so berauscht gebärdete sich sein plötzlicher Überschwang.

Als wir dann auf der Höhe ein winziges Dörfchen langsam durchfuhren, lüftete er plötzlich im Vorübergehen höflich den Hut. Ich staunte: wen grüßte er da, der Fremde unter Fremden? Er errötete leicht bei meiner Frage und erklärte, beinahe sich entschuldigend, wir seien an einer Kirche vorbeigefahren, und bei ihnen in Polen, wie in allen streng katholischen Ländern, werde es von Kindheit an geübt, vor jeder Kirche und jedem Gotteshaus den Hut zu senken. Diese schöne Ehrfurcht vor dem Religiösen ergriff mich tief, gleichzeitig erinnerte ich mich auch jenes Kreuzes, von dem er gesprochen, und fragte ihn, ob er gläubig sei. Und als er mit einer ein wenig verschämten Gebärde bescheiden zugab, er hoffe, der Gnade teilhaftig zu sein, überkam mich plötzlich ein Gedanke. ›Halten Sie!‹ rief ich dem Kutscher zu und stieg eilig aus dem Wagen. Er folgte mir verwundert: ›Wohin gehen wir?‹ Ich antwortete nur: ›Kommen Sie mit.‹
Ich ging, von ihm begleitet, zurück zur Kirche, einem kleinen Landgotteshaus aus Backstein. Kalkig, grau und leer dämmerten innere Wände, die Tür stand offen, so daß ein gelber Kegel von Licht scharf hinein ins Dunkel schnitt, darin Schatten einen kleinen Altar blau umbauschten. Zwei Kerzen blickten, verschleierten Auges, aus der weihrauchwarmen Dämmerung. Wir traten ein, er lüftete den Hut, tauchte die Hand in den Kessel der Entsündigung, bekreuzigte sich und beugte das Knie. Und kaum war er aufgestanden, so faßte ich ihn an. ›Gehen Sie hin‹, drängte ich, ›zu einem Altar oder irgendeinem Bild hier, das Ihnen heilig ist,

und leisten Sie dort das Gelöbnis, das ich Ihnen vorsprechen werde.‹ Er sah mich an, erstaunt, beinahe erschreckt. Aber schnell verstehend trat er hin zu einer Nische, schlug das Kreuz und kniete gehorsam nieder. ›Sprechen Sie mir nach‹, sagte ich, selbst zitternd vor Erregung, ›sprechen Sie mir nach: Ich schwöre‹ – ›Ich schwöre‹, wiederholte er, und ich setzte fort: ›daß ich niemals mehr an einem Spiel um Geld teilnehme, welcher Art es immer sei, daß ich nie mehr mein Leben und meine Ehre dieser Leidenschaft aussetzen werde.‹ Er wiederholte zitternd die Worte: deutlich und laut hafteten sie in der vollkommenen Leere des Raumes. Dann ward es einen Augenblick still, so still, daß man von außen das leise Brausen der Bäume hören konnte, denen der Wind durch die Blätter griff. Und plötzlich warf er sich wie ein Büßender hin und sprach mit einer Ekstase, wie ich es nie gehört hatte, rasche und wirr hintereinandergejagte Worte polnischer Sprache, die ich nicht verstand. Aber es mußte ein ekstatisches Gebet sein, ein Gebet des Dankes und der Zerknirschung, denn immer wieder beugte die stürmische Beichte sein Haupt demütig zum Pulte herab, immer leidenschaftlicher wiederholten sich die fremden Laute, und immer heftiger ein und dasselbe mit unsäglicher Inbrunst herausgeschleuderte Wort. Nie vordem, nie nachdem habe ich in einer Kirche der Welt so beten gehört. Seine Hände umklammerten krampfig dabei das hölzerne Betpult, sein ganzer Körper war geschüttelt von einem inneren Orkan, der ihn manchmal aufriß, manchmal wieder niederwarf. Er sah, er fühlte nichts mehr: alles in ihm schien in einer andern Welt, in einem Fegefeuer der Verwandlung oder in einem Aufschwung zu einer heiligeren Sphäre. Endlich stand er langsam auf, schlug das Kreuz und wandte sich mühsam um. Seine Knie zitterten, sein Antlitz war blaß wie das eines schwer Erschöpften. Aber als er mich sah, strahlte sein Auge auf, ein reines, ein wahrhaft *frommes* Lächeln hellte sein fortgetragenes Gesicht; er trat näher heran, beugte sich russisch tief, faßte meine beiden Hände, sie ehrfürchtig mit den Lippen zu berühren: ›Gott hat Sie mir gesandt. Ich habe ihm dafür gedankt.‹ Ich wußte nichts zu sagen. Aber ich hätte gewünscht, daß plötzlich über dem niederen Gestühl die Orgel anhebe zu brausen, denn ich fühlte, mir war alles gelungen: diesen Menschen hatte ich für immer gerettet.

Wir traten aus der Kirche in das strahlende, strömende Licht dieses maihaften Tages zurück: nie war mir die Welt schöner erschienen. Zwei Stunden fuhren wir noch im Wagen langsam den panoramenhaften, an jeder Kehre neuen Ausblick schenkenden Weg über die Hügel entlang. Aber wir sprachen nicht mehr. Nach diesem Aufwand des Gefühls schien jedes Wort Verminderung. Und wenn mein Blick zufällig den seinen traf, so mußte ich beschämt ihn wegwenden: es erschütterte mich zu sehr, mein eigenes Wunder zu sehen.

Gegen fünf Uhr nachmittags kehrten wir nach Monte Carlo zurück. Nun forderte mich noch eine Verabredung mit Verwandten, die abzusagen mir nicht mehr möglich war. Und eigentlich begehrte ich im Innersten eine Pause, ein Entspannen des zu gewaltsam aufgerissenen Gefühls. Denn es war zuviel des Glückes. Ich spürte, ich mußte ausruhen von diesem überheißen, diesem ekstatischen Zustand, wie ich ihn ähnlich nie in meinem Leben gekannt. So bat ich meinen Schützling, nur für einen Augenblick zu mir ins Hotel zu kommen; dort in meinem Zimmer übergab ich ihm das Geld für die Reise und die Auslösung des Schmuckes. Wir vereinbarten, daß er während meiner Verabredung sich die Fahrkarte besorge; dann wollten wir uns abends um sieben Uhr an der Eingangshalle des Bahnhofes treffen, eine halbe Stunde, ehe der Zug über Genua ihn nach Hause brachte. Als ich ihm die fünf Banknoten hinreichen wollte, wurden seine Lippen merkwürdig blaß: ›Nein ... kein ... Geld ... ich bitte Sie, kein Geld!‹ stieß er zwischen den Zähnen heraus, während seine Finger nervös und fahrig zurückzitterten. ›Kein Geld ... kein Geld ... ich kann es nicht sehen‹, wiederholte er noch einmal, gleichsam von Ekel oder Angst körperlich überwältigt. Aber ich beruhigte seine Scham, es sei doch bloß geliehen, und fühle er sich bedrückt, so möge er mir eine Quittung ausstellen. ›Ja ... ja ... eine Quittung‹, murmelte er abgewandten Blickes, knitterte die Banknoten, wie etwas, das klebrig an den Fingern schmutzt, unbesehen in die Tasche, und schrieb auf ein Blatt mit fliegenden hingejagten Zügen ein paar Worte. Als er aufsah, stand feuchter Schweiß auf seiner Stirne: etwas schien von innen empor stoßhaft in ihm aufzuwürgen, und kaum,

daß er jenes lose Blatt mir zugeschoben, zuckte es ihn durch, und plötzlich – ich trat unwillkürlich erschrokken zurück – fiel er in die Knie und küßte mir den Saum des Kleides. Unbeschreibliche Geste: ich zitterte am ganzen Leib von ihrer übermächtigen Gewalt. Ein merkwürdiger Schauer kam über mich, ich wurde verwirrt und konnte nur stammeln: ›Ich danke Ihnen, daß Sie so dankbar sind. Aber bitte, gehen Sie jetzt!‹ Abends sieben Uhr an der Eingangshalle des Bahnhofes wollen wir dann Abschied nehmen.‹
Er sah mich an, Glanz von Rührung durchfeuchtete seinen Blick; einen Augenblick meinte ich, er wolle etwas sagen, einen Augenblick schien es, als ob er mir entgegendrängte. Aber dann verbeugte er sich plötzlich noch einmal tief, ganz tief, und verließ das Zimmer.«

Wieder unterbrach Mrs. C. ihre Erzählung. Sie war aufgestanden und zum Fenster gegangen, blickte hinaus und stand lange unbewegt: an dem silhouettenhaft hingezeichneten Rücken sah ich ein leichtes, zitterndes Schwanken. Mit einem Male wandte sie sich entschlossen um, ihre Hände, bisher ruhig und unbeteiligt, machten plötzlich eine heftige, abteilende Bewegung, gleichsam als wollten sie etwas zerreißen. Dann sah sie mich hart, beinahe kühn an und begann wieder mit einem Ruck:
»Ich habe Ihnen versprochen, ganz aufrichtig zu sein. Und ich sehe jetzt, wie notwendig dies Gelöbnis gewesen ist. Denn erst nun, da ich mich zwinge, zum

erstenmal im geregelten Zusammenhang den ganzen Ablauf jener Stunde zu schildern und klare Worte zu suchen für ein damals ganz ineinandergefaltetes und verworrenes Gefühl, jetzt erst verstehe ich vieles deutlich, was ich damals nicht wußte oder vielleicht nur nicht wissen wollte. Und deshalb will ich hart und entschlossen mir selbst und auch Ihnen die Wahrheit sagen: damals, in jener Sekunde, als der junge Mensch das Zimmer verließ und ich allein zurückblieb, hatte ich – wie eine Ohnmacht fiel es dumpf über mich – das Empfinden eines harten Stoßes gegen mein Herz: Irgend etwas hatte mir tödlich weh getan, aber ich wußte nicht – oder ich weigerte mich, zu wissen –, in welcher Art die doch rührend respektvolle Haltung meines Schützlings mich so schmerzhaft verwundete. Aber jetzt, da ich mich zwinge, hart und ordnungshaft alles Vergangene aus mir heraus wie ein Fremdes zu holen, und Ihre Zeugenschaft kein Verbergen, keinen feigen Unterschlupf eines beschämenden Gefühls duldet, heute weiß ich klar: was damals so weh tat, war die Enttäuschung ... die Enttäuschung, daß ... daß dieser junge Mensch so fügsam gegangen war ... so ohne jeden Versuch, mich zu halten, bei mir zu bleiben ... daß er demütig und ehrfurchtsvoll meinem ersten Versuch, abzureisen, sich fügte, statt ... statt einen Versuch zu machen, mich an sich zu reißen ... daß er mich einzig als eine Heilige verehrte, die ihm auf seinem Wege erschienen ... und nicht ... nicht mich fühlte als eine Frau.

Das war jene Enttäuschung für mich ... eine Enttäuschung, die ich mir nicht eingestand, damals nicht und später nicht, aber das Gefühl einer Frau weiß alles, ohne Worte und Bewußtsein. Denn ... jetzt betrüge ich mich nicht länger – hätte dieser Mensch mich damals umfaßt, mich damals gefordert, ich wäre mit ihm gegangen bis ans Ende der Welt, ich hätte meinen Namen entehrt und den meiner Kinder ... ich wäre, gleichgültig gegen das Gerede der Leute und die innere Vernunft, mit ihm fortgelaufen, wie jene Madame Henriette mit dem jungen Franzosen, den sie tags zuvor noch nicht kannte ... ich hätte nicht gefragt, wohin und wie lange, nicht mich umgewandt mit einem Blick zurück in mein früheres Leben ... ich hätte mein Geld, meinen Namen, mein Vermögen, meine Ehre diesem Menschen geopfert ... ich wäre betteln gegangen, und wahrscheinlich gibt es keine Niedrigkeit dieser Welt, zu der er mich nicht hätte verleiten können. Alles, was man Scham nennt und Rücksicht unter den Menschen, hätte ich weggeworfen, wäre er nur mit einem Wort, mit einem Schritt auf mich zugetreten, hätte er versucht, mich zu fassen, so verloren war ich an ihn in dieser Sekunde. Aber ... ich sagte es Ihnen ja ... dieser sonderbar benommene Mensch sah mich und die Frau in mir mit keinem Blick mehr ... und wie sehr, wie ganz hingegeben ich ihm entgegenbrannte, das fühlte ich erst, als ich allein mit mir war, als die Leidenschaft, die eben noch sein erhelltes, sein geradezu seraphisches Gesicht emporriß, dunkel in mich zurückfiel und nun im Leeren einer verlassenen Brust wogte. Mühsam raffte ich mich auf, doppelt widrig lastete jene Verabredung. Mir war, als sei meiner Stirne ein schwerer eiserner, drückender Helm überstülpt, unter dessen Gewicht ich schwankte: meine Gedanken fielen lose auseinander wie meine Schritte, als ich endlich hinüber in das andere Hotel zu meinen Verwandten ging. Dort saß ich dumpf inmitten regen Geplauders und erschrak immer wieder von neuem, blickte ich zufällig auf und sah in ihre unbewegten Gesichter, die, im Vergleich mit jenem wie von licht- und schattenwerfendem Wolkenspiel belebten, mir maskenhaft oder erfroren dünkten. Als ob ich zwischen lauter Gestorbenen säße, so grauenhaft unbelebt war diese gesellige Gegenwart; und während ich Zucker in die Tasse warf und abwesend mitkonversierte, stieg immer innen, wie vom Flackern des Blutes hochgetrieben, jenes eine Antlitz auf, das zu beobachten mir inbrünstig Freude geworden war und das ich – entsetzlich zu denken! – in einer, in zwei Stunden zum letztenmal gesehen haben sollte. Unwillkürlich mußte ich leise geseufzt oder aufgestöhnt haben, denn plötzlich beugte die Cousine meines Mannes sich mir zu: was mir sei, ob ich mich denn nicht ganz wohl fühle, ich blicke so blaß und bedrängt. Diese unvermutete Frage half nun rasch und mühelos in eine rasche Ausrede, mich quäle in der Tat eine Migräne, sie möge mir darum erlauben, mich unauffällig zu entfernen.

So mir selbst zurückgegeben, eilte ich unverzüglich in mein Hotel. Und kaum dort allein, überkam mich neuerdings das Gefühl der Leere, des Verlassenseins und, hitzig damit verklammert, das Verlangen nach jenem jungen Menschen, den ich heute für immer verlassen sollte. Ich fuhr hin und her im Zimmer, riß unnütz Laden auf, wechselte Kleid und Band, um mich mit einmal vor dem Spiegel zu finden, prüfenden Blickes, ob ich, dermaßen geschmückt, nicht doch den seinen zu binden vermöchte. Und jählings verstand ich mich selbst: alles tun, nur ihn nicht lassen! Und innerhalb einer gewalttätigen Sekunde wurde dieser Wille zum Entschluß. Ich lief hinunter zum Portier, kündigte ihm an, daß ich heute mit dem Abendzug abreise. Und nun galt es, eilig zu sein: ich klingelte dem Mädchen, daß sie mir behilflich sei, meine Sachen zu packen – die Zeit drängte ja; und während wir gemeinsam in wetteifernder Hast Kleider und kleines Gebrauchsgerät in die Koffer verstauten, träumte ich mir die ganze Überraschung aus: wie ich ihn an den Zug begleiten würde, um dann im letzten, im allerletzten Moment, wenn er mir die Hand schon zum Abschied geboten, plötzlich zu dem Erstaunten in den Wagen zu steigen, mit ihm für diese Nacht, für die nächste – solange er mich wollte. Eine Art entzückter, begeisterter Taumel wirbelte mir im Blut, manchmal lachte ich, zur Befremdung des Mädchens, indes ich Kleider in die Koffer warf, unvermutet laut auf: meine Sinne waren, ich fühlte es zwischendurch, in Unordnung geraten. Und als der Lohndiener kam, die Koffer zu holen, starrte ich ihn erst fremd an: Es war zu schwer, an Sachliches zu denken, indes von innen her die Erregung mich so stark überwogte.

Die Zeit drängte, knapp an sieben mochte es sein,

bestenfalls blieben da zwanzig Minuten bis zum Abgang des Zuges – freilich, tröstete ich mich, nun zählte mein Kommen ja nicht mehr als Abschied, seit ich entschlossen war, ihn auf seiner Fahrt zu begleiten, solange, soweit er es duldete. Der Diener trug die Koffer voraus, ich hastete zur Hotelkasse, meine Rechnung zu begleichen. Schon reichte mir der Manager das Geld zurück, schon wollte ich weiter, da rührte eine Hand zärtlich an meine Schulter. Ich zuckte auf. Es war meine Cousine, die, beunruhigt durch mein angebliches Unwohlsein, gekommen war, nach mir zu sehen. Mir dunkelte es vor den Augen. Ich konnte sie jetzt nicht brauchen, jede Sekunde Verzögerung bedeutete verhängnisvolles Versäumnis, aber doch verpflichtete mich Höflichkeit, ihr wenigstens eine Zeitlang Rede und Antwort zu stehen. ›Du mußt zu Bett‹, drängte sie, ›du hast bestimmt Fieber.‹ Und so mochte es wohl auch sein, denn die Pulse trommelten mir hart auf die Schläfen, und manchmal spürte ich jene vorschwebenden blauen Schatten naher Ohnmacht über den Augen. Aber ich wehrte ab, bemühte mich, dankbar zu scheinen, indes jedes Wort mich brannte und ich am liebsten ihre unzeitgemäße Fürsorge mit dem Fuße weggestoßen hätte. Doch die unerwünscht Besorgte blieb, blieb, blieb, bot mir Eau de Cologne, ließ sichs nicht nehmen, mir selbst das kühle um die Schläfen zu streichen: ich aber zählte indes die Minuten, dachte gleichzeitig an ihn und wie ich einen Vorwand finden könnte, dieser quälenden Anteilnahme zu entkommen. Und je unruhiger ich ward, desto mehr erschien ich ihr verdächtig: beinahe mit Gewalt wollte sie mich schließlich veranlassen, auf mein Zimmer zu gehen und mich niederzulegen. Da – inmitten ihres Zuspruches – sah ich auf einmal in der Mitte der Halle die Uhr: zwei Minuten vor halb acht, und um 7 Uhr 35 ging der Zug. Und brüsk, schußhaft, mit der brutalen Gleichgültigkeit einer Verzweifelten stieß ich meiner Cousine die Hand geradewegs zu: ›Adieu, ich muß fort!‹ und ohne mich um ihren erstarrten Blick zu kümmern, ohne mich umzusehen, stürmte ich an den verwunderten Hoteldienern vorbei und zur Türe hinaus, auf die Straße und dem Bahnhof zu. Bereits an der erregten Gestikulation des Lohndieners, er stand dort wartend mit dem Gepäck, nahm ich von ferne wahr, es müsse höchste Zeit sein. Blindwütig stürmte ich hin zur Schranke, aber da wehrte wieder der Schaffner: Ich hatte vergessen, ein Billett zu nehmen. Und während ich mit Gewalt beinahe ihn bereden wollte, mich dennoch auf den Perron zu lassen, setzte sich der Zug bereits in Bewegung: ich starrte hin, zitternd an allen Gliedern, wenigstens noch einen Blick von irgendeinem der Waggonfenster zu erhaschen, ein Winken, einen Gruß. Aber ich konnte inmitten des eilfertigen Geschiebes sein Antlitz nicht mehr wahrnehmen. Immer rascher rollten die Wagen vorbei, und nach einer Minute blieb nichts als qualmendes, schwarzes Gewölk vor meinen verdunkelten Augen.

Ich muß wie versteinert dort gestanden haben, Gott weiß wie lange, denn der Lohndiener hatte mich wohl vergeblich mehrmals angesprochen, ehe er wagte, meinen Arm zu berühren. Da erst schrak ich auf. Ob er das Gepäck wieder in das Hotel zurückbringen sollte. Ich brauchte ein paar Minuten Zeit, mich zu besinnen; nein, das war nicht möglich, ich konnte nach jener lächerlichen, überstürzten Abreise nicht wieder zurück und wollte auch nicht zurück, nie mehr; so befahl ich ihm, ungeduldig, schon allein zu sein, das Gepäck im Depot zu verstauen. Danach erst, mitten in dem unablässig erneuten Gequirl von Menschen, das sich in der Halle lärmend zusammenschob und wieder zerkleinerte, versuchte ich zu denken, klar zu denken, mich herauszuretten aus diesem verzweifelten, schmerzenden Gewürge von Zorn, Reue und Verzweiflung, denn – warum es nicht eingestehen? – der Gedanke, durch eigene Schuld die letzte Begegnung vertan zu haben, wühlte in mir mit glühender Schärfe unbarmherzig herum. Ich hätte aufschreien können, so weh tat diese immer erbarmungsloser vordringende, rotgehitzte Schneide. Nur ganz leidenschaftsfremde Menschen haben ja in ihren einzigen Augenblicken vielleicht solche lawinenhaft plötzliche, solche orkanische Ausbrüche der Leidenschaft: da stürzen ganze Jahre mit dem stürzenden Groll nichtgenützter Kräfte die eigene Brust hinab. Nie vordem, nie nachdem hatte ich ähnliches an Überraschung und wütender Machtlosigkeit erlebt als in dieser Sekunde, da ich, zum Verwegensten bereit – bereit, mein ganzes gespartes, gehäuftes, zusammengehaltenes Leben mit einem Ruck hinzuwerfen –, plötzlich vor mir eine Mauer von Sinnlosigkeit fand, gegen die meine Leidenschaft ohnmächtig mit der Stirne stieß.

Was ich dann tat, wie konnte es anders als gleichfalls ganz sinnlos sein, es war töricht, sogar dumm, fast schäme ich mich, es zu erzählen – aber ich habe mir, ich habe Ihnen versprochen, nichts zu verschweigen: nun, ich... ich suchte ihn mir wieder... das heißt, ich suchte mir jeden Augenblick zurück, den ich mit ihm verbracht... es zog mich gewaltsam hin zu allen Orten, wo wir gemeinsam gestern gewesen, zu der Bank im Garten, von der ich ihn weggerissen, in den Spielsaal, wo ich ihn zum erstenmal gesehen, ja in jene Spelunke sogar, nur um noch einmal, noch einmal das Vergangene wieder zu erleben. Und morgen wollte ich dann im Wagen die Corniche entlang den gleichen Weg, damit jedes Wort, jede Geste noch einmal in mir erneuert sei – ja so sinnlos, so kindisch war meine Verwirrung. Aber bedenken Sie, wie blitzhaft jene Geschehnisse mich überstürmten – ich hatte kaum anderes gefühlt als einen einzigen betäubenden Schlag. Nun aber, zu rauh aus jenem Tumult erweckt, wollte ich mich auf dies hinfliehend Erlebte noch einmal Zug um Zug nachgenießend besinnen, dank jenem magischen Selbstbetrug, den wir Erinnerung nennen – freilich: Das sind Dinge, die man begreift oder nicht begreift. Vielleicht braucht man ein brennendes Herz, um sie zu verstehen.

So ging ich zunächst in den Spielsaal, den Tisch zu suchen, wo er gesessen, und dort unter all den Händen die seinen mir zu erdenken. Ich trat ein: es war, ich wußte es noch, der linke Tisch gewesen im zweiten Zimmer, wo ich ihn zuerst erblickt. Noch deutlich stand jede seiner Gesten vor mir: traumwandlerisch, mit geschlossenen Augen und vorgestreckten Händen hätte ich seinen Platz gefunden. Ich trat also ein, ging gleich quer durch den Saal. Und da ... wie ich von der Tür aus den Blick gegen das Gewühl wandte ... da geschah mir etwas Sonderbares ... da saß genau an der Stelle, an die ich mir ihn hingeträumt, da saß – Halluzinationen des Fiebers! – ... er wirklich ... Er ... Er ... genau so, wie ich ihn eben träumend gesehen ... genau so wie gestern, stier die Augen auf die Kugel gerichtet, geisterhaft bleich ... aber Er ... Er ... unverkennbar Er ...

Mir war, als müßte ich aufschreien, so erschrak ich. Aber ich bezähmte meinen Schrecken vor dieser unsinnigen Vision und schloß die Augen. ›Du bist wahnsinnig ... du träumst ... du fieberst‹, sagte ich mir. ›Es ist ja unmöglich, du halluzinierst ... Er ist vor einer halben Stunde von hier weggefahren.‹ Dann erst tat ich die Augen wieder auf. Aber entsetzlich: genau so wie vordem saß er dort, leibhaft unverkennbar ... unter Millionen hätte ich diese Hände erkannt ... nein, ich träumte nicht, er war es wirklich. Er war nicht weggefahren, wie er mir geschworen, der Wahnwitzige saß da, er hatte das Geld, das ich ihm zur Heimreise gegeben, hierhergetragen an den grünen Tisch und vollkommen selbstvergessen in seiner Leidenschaft hier gespielt, indes ich verzweifelt mir das Herz nach ihm ausgerungen.

Ein Ruck stieß mich vorwärts: Wut überschwemmte mir die Augen, rasende rotblickende Wut, den Eidbrüchigen, der mein Vertrauen, mein Gefühl, meine Hingabe so schändlich betrogen hatte, an der Gurgel zu fassen. Aber ich bezwang mich noch. Mit gewollter Langsamkeit (wieviel Kraft kostete sie mich!) trat ich an den Tisch gerade ihm gegenüber, ein Herr machte mir höflich Platz. Zwei Meter grünes Tuch standen zwischen uns beiden, und ich konnte, wie von einem Balkon herab in ein Schauspiel, hinstarren in sein Gesicht, in eben dasselbe Gesicht, das ich vor zwei Stunden überstrahlt gesehen hatte von Dankbarkeit, erleuchtet von der Aura der göttlichen Gnade, und das nun ganz wieder in allen Höllenfeuern der Leidenschaft zuckend verging. Die Hände, dieselben Hände, die ich noch nachmittags im heiligsten Eid an das Holz des Kirchengestühls verklammert gesehen, sie krallten jetzt wieder gekrümmt im Geld herum wie wollüstige Vampire. Denn er hatte gewonnen, er mußte, viel, sehr viel gewonnen haben: vor ihm glitzerte ein wirrer Haufen von Jetons und Louisdors und Banknoten, ein schütteres, achtloses Durcheinander, in dem die Finger, seine zitternden, nervösen Finger sich wohlig streckten und badeten. Ich sah, wie sie streichelnd die einzelnen Noten festhielten und falteten, die Münzen drehten und liebkosten, um dann plötzlich mit einem Ruck eine Faustvoll zu fassen und mitten auf eines der Karrees zu werfen. Und sofort begannen die Nasenflügel jetzt wieder diese fliegenden Zuckungen, der Ruf des Croupiers riß ihm die Augen, die gierig flackernden, vom Gelde weg hin zu der splitternden Kugel, er strömte gleichsam von sich selber fort, indes die

Ellenbogen dem grünen Tisch mit Nägeln angehämmert schienen. Noch furchtbarer, noch grauenhafter offenbarte sich sein vollkommenes Besessensein als am vergangenen Abend, denn jede seiner Bewegungen mordete in mir jenes andere, wie auf Goldgrund leuchtende Bild, das ich leichtgläubig nach innen genommen.

Zwei Meter weit voneinander atmeten wir so beide; ich starrte auf ihn, ohne daß er meiner gewahr wurde. Er sah nicht auf mich, er sah niemanden, sein Blick glitt nur hin zu dem Geld, flackerte unstet mit der zurückrollenden Kugel: in diesem einen rasenden grünen Kreise waren alle seine Sinne eingeschlossen und hetzten hin und zurück. Die ganze Welt, die ganze Menschheit war diesem Spielsüchtigen zusammengeschmolzen in diesen viereckigen Fleck gespannten Tuches. Und ich wußte, daß ich hier Stunden und Stunden stehen konnte, ohne daß er eine Ahnung meiner Gegenwart in seine Sinne nehmen würde.

Aber ich ertrug es nicht länger. Mit einem plötzlichen Entschluß ging ich um den Tisch, trat hinter ihn und faßte hart mit der Hand seine Schulter. Sein Blick taumelte auf – eine Sekunde starrte er mit glasigen Augäpfeln mich fremd an, genau einem Trunkenen gleich, den man mühsam aus dem Schlaf rüttelt und dessen Blicke noch grau und dösig vom inneren Qualme dämmern. Dann schien er mich zu erkennen, sein Mund tat sich zitternd auf, beglückt sah er zu mir empor und stammelte leise mit einer wirr-geheimnisvollen Vertraulichkeit: ›Es geht gut... Ich habe es

gleich gewußt, wie ich hereinkam und sah, daß Er hier ist... Ich habe es gleich gewußt...‹ Ich verstand ihn nicht. Ich merkte nur, daß er betrunken war vom Spiel, daß dieser Wahnwitzige alles vergessen hatte, sein Gelöbnis, seine Verabredung, mich und die Welt. Aber selbst in dieser Besessenheit war seine Ekstase für mich so hinreißend, daß ich unwillkürlich seiner Rede mich unterwarf und betroffen fragte, wer denn hier sei.
›Dort, der alte russische General mit dem einen Arm‹, flüsterte er, ganz an mich gedrückt, damit niemand das magische Geheimnis erlausche. ›Dort, der mit den weißen Kotelettes und dem Diener hinter sich. Er gewinnt immer, ich habe ihn schon gestern beobachtet, er muß ein System haben, und ich setze immer das gleiche... Auch gestern hat er immer gewonnen... nur habe ich den Fehler gemacht, weiterzuspielen, als er wegging... das war mein Fehler... er muß gestern zwanzigtausend Franken gewonnen haben... und auch heute gewinnt er mit jedem Zug... jetzt setze ich ihm immer nach... Jetzt...‹
Mitten in der Rede brach er plötzlich ab, denn der Croupier rief sein schnarrendes ›Faites votre jeu!‹ und schon taumelte sein Blick fort und gierte hin zu dem Platz, wo gravitätisch und gelassen der weißbärtige Russe saß und bedächtig erst ein Goldstück, dann zögernd ein zweites auf das vierte Feld hinlegte. Sofort griffen die hitzigen Hände vor mir in den Haufen und warfen eine Handvoll Goldstücke auf die gleiche Stelle. Und als nach einer Minute der Croupier ›Zéro!‹ rief und sein Rechen mit einer einzigen Drehung den

ganzen Tisch blankfegte, starrte er wie einem Wunder dem wegströmenden Gelde nach. Aber meinen Sie, er hätte sich nach mir umgewendet: Nein, er hatte mich vollkommen vergessen; ich war herausgesunken, verloren, vergangen aus seinem Leben, seine ganzen angespannten Sinne starrten nur hin zu dem russischen General, der, vollkommen gleichgültig, wieder zwei Goldstücke in der Hand wog, unschlüssig, auf welche Zahl er sie placieren sollte.
Ich kann Ihnen meine Erbitterung, meine Verzweiflung nicht schildern. Aber denken Sie sich mein Gefühl: für einen Menschen, dem man sein ganzes Leben hingeworfen hat, nicht mehr als eine Fliege zu sein, die man lässig mit der lockeren Hand wegscheucht. Wieder kam diese Welle von Wut über mich. Mit vollem Griff packte ich seinen Arm, daß er auffuhr.
›Sie werden sofort aufstehen!‹ flüsterte ich ihm leise, aber befehlend zu. ›Erinnern Sie sich, was Sie heute in der Kirche geschworen, Sie eidbrüchiger, erbärmlicher Mensch.‹
Er starrte mich an, betroffen und ganz blaß. Seine Augen bekamen plötzlich den Ausdruck eines geschlagenen Hundes, seine Lippen zitterten. Er schien sich mit einem Mal alles Vergangenen zu erinnern, und ein Grauen vor sich selbst ihn zu überkommen.
›Ja . . . ja . . .‹, stammelte er. ›O mein Gott, mein Gott . . . Ja . . . ich komme schon, verzeihen Sie . . .‹
Und schon raffte seine Hand das ganze Geld zusammen, schnell zuerst, mit einem zusammenreißenden, vehementen Ruck, aber dann allmählich träger wer-

dend und wie von einer Gegenkraft zurückgeströmt. Sein Blick war neuerdings auf den russischen General gefallen, der eben pointierte.

›Einen Augenblick noch ...‹ er warf rasch fünf Goldstücke auf das gleiche Feld ... ›Nur noch dieses eine Spiel ... Ich schwöre Ihnen, ich komme sofort ... nur noch dieses eine Spiel ... nur noch ...‹

Und wieder verlosch seine Stimme. Die Kugel hatte zu rollen begonnen und riß ihn mit sich. Wieder war der Besessene mir, war er sich selber entglitten, hinabgeschleudert mit dem Kreisel in die glatte Mulde, innerhalb derer die winzige Kugel kollerte und sprang. Wieder rief der Croupier, wieder scharrte der Rechen die fünf Goldstücke von ihm weg; er hatte verloren. Aber er wandte sich nicht um. Er hatte mich vergessen, wie den Eid, wie das Wort, das er mir vor einer Minute gegeben. Schon wieder zuckte seine gierige Hand nach dem eingeschmolzenen Gelde, und nur zu dem Magnet seines Willens, zu dem glückbringenden Gegenüber hin, flackerte sein betrunkener Blick.

Meine Geduld war zu Ende. Ich rüttelte ihn nochmals, aber jetzt gewaltsam. ›Auf der Stelle stehen Sie jetzt auf! Sofort! ... Sie haben gesagt, dieses Spiel noch ...‹

Aber da geschah etwas Unerwartetes. Er riß sich plötzlich herum, doch das Gesicht, das mich ansah, war nicht mehr das eines Demütigen und Verwirrten, sondern eines Rasenden, eines Bündels Zorn mit brennenden Augen und vor Wut zitternden Lippen. ›Lassen Sie mich in Ruhe!‹ fauchte er mich an. ›Gehen Sie weg! Sie bringen mir Unglück. Immer, wenn Sie da sind,

verliere ich. So haben Sie es gestern gemacht und heute wieder. Gehen Sie fort!‹
Ich war einen Augenblick starr. Aber an seiner Tollheit wurde nun auch mein Zorn zügellos.
›Ich bringe Ihnen Unglück?‹ fuhr ich ihn an. ›Sie Lügner, Sie Dieb, der Sie mir geschworen haben ...‹ Doch ich kam nicht weiter, denn der Besessene sprang von seinem Platze auf, stieß mich, gleichgültig um den sich regenden Tumult, zurück. ›Lassen Sie mich in Frieden‹, schrie er hemmungslos laut. ›Ich stehe nicht unter Ihrer Kuratel ... da ... da ... da haben Sie Ihr Geld‹, und er warf mir ein paar Hundertfrankenscheine hin ... ›Jetzt aber lassen Sie mich in Ruhe!‹
Ganz laut, wie ein Besessener hatte er das gerufen, gleichgültig gegen die hundert Menschen ringsum. Alles starrte, zischelte, deutete, lachte, ja vom Nachbarsaal selbst drängten neugierige Leute herein. Mir war, als würden mir die Kleider vom Leibe gerissen und ich stünde nackt vor allen diesen Neugierigen ... ›Silence, Madame, s'il vous plaît!‹ sagte laut und herrisch der Croupier und klopfte mit dem Rechen auf den Tisch. Mir galt das, mir, das Wort dieses erbärmlichen Gesellen. Erniedrigt, von Scham übergossen, stand ich vor der zischelnd aufflüsternden Neugier wie eine Dirne, der man Geld hingeschmissen hat. Zweihundert, dreihundert unverschämte Augen griffen mir ins Gesicht, und da ... wie ich ausweichend, ganz geduckt von dieser Jauche von Erniedrigung und Scham mit dem Blick zur Seite bog, da stieß er gradwegs in zwei Augen, gleichsam schneidend vor Überraschung – es

war meine Cousine, die mich entgeistert anblickte, aufgegangenen Mundes und mit einer wie im Schreck erhobenen Hand.

Das schlug in mich hinein: noch ehe sie sich regen konnte, sich erholen von ihrer Überraschung, stürmte ich aus dem Saale: es trug mich noch gerade hin bis zu der Bank, zu eben derselben Bank, auf die gestern jener Besessene hingestürzt war. Und ebenso kraftlos, ebenso ausgeschöpft und zerschmettert fiel ich hin auf das harte, unbarmherzige Holz. –

Das ist jetzt vierundzwanzig Jahre her, und doch, wenn ich an diesen Augenblick, wo ich dort, niedergepeitscht von seinem Hohn, vor tausend fremden Menschen stand, mich erinnere, wird mir das Blut kalt in den Adern. Und ich spüre wieder erschrocken, eine wie schwache, armselige und quallige Substanz das doch sein muß, was wir immer großspurig Seele, Geist, Gefühl, was wir Schmerzen nennen, da all dies selbst im äußersten Übermaß nicht vermag, den leidenden Leib, den zerquälten Körper völlig zu zersprengen – weil man ja doch solche Stunden mit weiterpochendem Blut überdauert, statt hinzusterben und hinzustürzen wie ein Baum unterm Blitz. Nur für einen Ruck, für einen Augenblick hatte dieser Schmerz mir die Gelenke durchgerissen, daß ich hinfiel auf jene Bank, atemlos, stumpf und mit meinem geradezu wollüstigen Vorgefühl des Absterbenmüssens. Aber ich sagte es eben, aller Schmerz ist feige, er zuckt zurück vor der übermächtigen Forderung nach Leben, die stärker in unserem Fleisch verhaftet scheint als alle

Todesleidenschaft in unserem Geiste. Unerklärlich mir selbst nach solcher Zerschmetterung der Gefühle: aber doch, ich stand wieder auf, nicht wissend freilich, was zu tun. Und plötzlich fiel mir ein, daß ja meine Koffer am Bahnhof bereitstanden, und schon jagte es durch mich hin: fort, fort, fort, nur fort von hier, von diesem verfluchten Höllenhaus. Ich lief ohne auf jemand achtzugeben an die Bahn, fragte, wann der nächste Zug nach Paris ginge; um zehn Uhr sagte mir der Portier, und sofort ließ ich mein Gepäck aufgeben. Zehn Uhr – dann waren genau vierundzwanzig Stunden vorbei seit jener entsetzlichen Begegnung, vierundzwanzig Stunden, so gefüllt vom wechselnden Wetterschlag der widersinnigsten Gefühle, daß meine innere Welt für immer zerschmettert war. Aber zunächst spürte ich nichts als ein Wort in diesem ewig hämmernden, zuckenden Rhythmus: fort! fort! fort! Mein Puls hinter der Stirn schlug wie ein Keil es immer wieder in die Schläfen hinein: fort! fort! fort! Fort von dieser Stadt, fort von mir selbst, nach Hause, zu meinen Menschen, zu meinem früheren, zu meinem eigenen Leben! Ich fuhr die Nacht durch nach Paris, dort von einem Bahnhof zum andern und direkt nach Boulogne, von Boulogne nach Dover, von Dover nach London, von London zu meinem Sohn – alles in diesem einzigen jagenden Flug, ohne zu überlegen, ohne zu denken, achtundvierzig Stunden, ohne Schlaf, ohne Wort, ohne Essen, achtundvierzig Stunden, während derer alle Räder nur dieses eine Wort ratterten: fort! fort! fort! Als ich endlich, unerwartet für jeden einzelnen, bei meinem Sohn im Landhaus eintrat, schraken sie alle auf: irgend etwas muß in meinem Wesen, in meinem Blick gestanden haben, das mich verriet. Mein Sohn wollte mich umarmen und küssen. Ich bog mich zurück: der Gedanke war mir unerträglich, daß er Lippen berühren sollte, die ich als geschändet empfand. Ich wehrte jeder Frage, verlangte nur ein Bad, denn dies war mir Bedürfnis, mit dem Schmutz der Reise auch alles andere von meinem Körper wegzuwaschen, was noch von der Leidenschaft dieses Besessenen, dieses Unwürdigen ihm anzuhaften schien. Dann schleppte ich mich hinauf in mein Zimmer und schlief zwölf, vierzehn Stunden einen dumpfen, steinernen Schlaf, wie ich ihn nie zuvor und nie seitdem geschlafen habe, einen Schlaf, nach dem ich nun weiß, wie das sein muß, in einem Sarg zu liegen und tot zu sein. Meine Verwandten kümmerten sich um mich wie um eine Kranke, aber ihre Zärtlichkeit tat mir nur weh, ich schämte mich ihrer Ehrfurcht, ihres Respekts, und unablässig mußte ich mich hüten, nicht plötzlich herauszuschreien, wie sehr ich sie alle verraten, vergessen und schon verlassen hatte um einer tollen und wahnwitzigen Leidenschaft willen.

Ziellos fuhr ich dann wieder in eine kleine französische Stadt, wo ich niemanden kannte, denn mich verfolgte der Wahn, jeder Mensch könne mir von außen beim ersten Blick meine Schande, meine Veränderung ansehen, so sehr fühlte ich mich verraten und beschmutzt bis in die tiefste Seele. Manchmal, wenn ich morgens aufwachte in meinem Bett, hatte ich eine grauenhafte

Angst, die Augen zu öffnen. Wieder überfiel mich das Erinnern an diese Nacht, wo ich plötzlich neben einem fremden, halbnackten Menschen erwachte, und dann hatte ich immer nur, ganz wie damals, den einen Wunsch, sofort zu sterben.

Aber schließlich, die Zeit hat doch tiefe Macht und das Alter eine sonderbare entwertende Gewalt über alle Gefühle. Man spürt den Tod näher herankommen, sein Schatten fällt schwarz über den Weg, da scheinen die Dinge weniger grell, sie fahren einem nicht mehr so in die inneren Sinne und verlieren viel von ihrer gefährlichen Gewalt. Allmählich kam ich über den Schock hinweg; und als ich nach langen Jahren einmal in einer Gesellschaft dem Attaché der österreichischen Gesandtschaft begegnete, einem jungen Polen, und er mir auf meine Erkundung nach jener Familie erzählte, daß ein Sohn dieses seines Vetters sich vor zehn Jahren in Monte Carlo erschossen habe – da zitterte ich nicht einmal mehr. Es tat kaum mehr weh: vielleicht – warum seinen Egoismus verleugnen? – tat es mir sogar wohl, denn nun war die letzte Furcht vorbei, noch jemals ihm zu begegnen: ich hatte keinen Zeugen mehr wider mich als die eigene Erinnerung. Seitdem bin ich ruhiger geworden. Altwerden heißt ja nichts anderes, als keine Angst mehr haben vor der Vergangenheit.

Und jetzt werden Sie es auch verstehen, wie ich plötzlich dazu kam, mit Ihnen über mein eigenes Schicksal zu sprechen. Als Sie Madame Henriette verteidigten und leidenschaftlich sagten, vierundzwanzig Stunden könnten das Schicksal einer Frau vollkommen bestimmen, fühlte ich mich selbst damit gemeint: Ich war Ihnen dankbar, weil ich zum erstenmal mich gleichsam bestätigt fühlte. Und da dachte ich mir: einmal sichs wegsprechen von der Seele, vielleicht löst das den lastenden Bann und die ewig rückblickende Starre; dann kann ich morgen vielleicht hinübergehen und ebendenselben Saal betreten, in dem ich meinem Schicksal begegnet, und doch ohne Haß sein gegen ihn und gegen mich selbst. Dann ist der Stein von der Seele gewälzt, liegt mit seiner ganzen Wucht über aller Vergangenheit und verhütet, daß sie noch einmal auferstehe. Es war gut für mich, daß ich Ihnen all dies erzählen konnte: mir ist jetzt leichter und beinahe froh zumute... ich danke Ihnen dafür.«

Bei diesen Worten war sie plötzlich aufgestanden, ich fühlte, daß sie zu Ende war. Etwas verlegen suchte ich nach einem Wort. Aber sie mußte meine Berührung gefühlt haben und wehrte rasch ab.
»Nein, bitte, sprechen Sie nicht... ich möchte nicht, daß Sie mir etwas antworten oder sagen... Seien Sie bedankt, daß Sie mir zugehört haben, und reisen Sie wohl.«
Sie stand mir gegenüber und reichte mir die Hand zum Abschied. Unwillkürlich sah ich auf zu ihrem Gesicht, und es schien mir rührend wunderbar, das Antlitz dieser alten Frau, die gütig und gleichzeitig leicht beschämt vor mir stand. War es der Widerschein vergangener Leidenschaft, war es Verwirrung, die da plötzlich mit aufsteigendem Rot die Wangen bis zum

weißen Haar empor unruhig überglühte – aber ganz wie ein Mädchen stand sie da, bräutlich verwirrt von Erinnerungen und beschämt von dem eigenen Geständnis. Unwillkürlich ergriffen, drängte es mich sehr, ihr durch ein Wort meine Ehrfurcht zu bezeugen. Doch die Kehle wurde mir eng. Und da beugte ich mich nieder und küßte respektvoll ihre welke, wie Herbstlaub leicht zitternde Hand.